诗人与诗

# 晏殊
## 一曲新词酒一杯

吴修丽——编著

河海大学出版社
HOHAI UNIVERSITY PRESS
·南京·

图书在版编目（CIP）数据

晏殊：一曲新词酒一杯 / 吴修丽编著. -- 南京：河海大学出版社，2021.10
（诗人与诗 / 李路主编）
ISBN 978-7-5630-7126-5

Ⅰ.①晏… Ⅱ.①吴… Ⅲ.①宋词—选集②晏殊（991-1055）—人物研究 Ⅳ.①I222.844②K825.6

中国版本图书馆CIP数据核字(2021)第158047号

| 丛 书 名 | / | 诗人与诗 |
| --- | --- | --- |
| 书　　名 | / | 晏殊：一曲新词酒一杯 |
| | | YANSHU:YIQU XINCI JIU YIBEI |
| 书　　号 | / | ISBN 978-7-5630-7126-5 |
| 责任编辑 | / | 毛积孝 |
| 丛书主编 | / | 李　路 |
| 特约编辑 | / | 邹　妍 |
| 特约校对 | / | 李　萍 |
| 装帧设计 | / | 刘昌凤 |
| 出版发行 | / | 河海大学出版社 |
| 地　　址 | / | 南京市西康路1号（邮编：210098） |
| 电　　话 | / | （025）83737852（总编室） |
| | / | （025）83722833（营销部） |
| 经　　销 | / | 全国新华书店 |
| 印　　刷 | / | 三河市元兴印务有限公司 |
| 开　　本 | / | 660毫米×960毫米　1/16 |
| 印　　张 | / | 13.5 |
| 字　　数 | / | 178千字 |
| 版　　次 | / | 2021年10月第1版 |
| 印　　次 | / | 2021年10月第1次印刷 |
| 定　　价 | / | 69.80元 |

# 目录

## 晏殊生平与创作

生平：少年得志，官至宰相 ... 003

创作：闲适快意，含蓄婉约 ... 014

# 晏殊词

采桑子·春风不负东君信 021
采桑子·红英一树春来早 022
采桑子·阳和二月芳菲遍 023
采桑子·樱桃谢了梨花发 024
采桑子·石竹 025
采桑子·时光只解催人老 026
采桑子·林间摘遍双双叶 027
长生乐·玉露金风月正圆 028

长生乐·阆苑神仙平地见 030
滴滴金·梅花漏泄春消息 032
点绛唇·露下风高 033
蝶恋花·一霎秋风惊画扇 034
蝶恋花·紫菊初生朱槿坠 035
蝶恋花·帘幕风轻双语燕 037
蝶恋花·玉椀冰寒消暑气 039
蝶恋花·梨叶疏红蝉韵歇 041
蝶恋花·南雁依稀回侧阵 043
凤衔杯·青蘋昨夜秋风起 044

凤衔杯·留花不住怨花飞 046
凤衔杯·柳条花颗恼青春 047
拂霓裳·庆生辰 048
拂霓裳·喜秋成 050
拂霓裳·乐秋天 052
更漏子·薳华浓 054
更漏子·塞鸿高 056
更漏子·雪藏梅 057
更漏子·菊花残 059
撼庭秋·别来音信千里 060

红窗听·淡薄梳妆轻结束 061
红窗听·记得香闺临别语 063
胡捣练·小桃花与早梅花 064
浣溪沙·阆苑瑶台风露秋 065
浣溪沙·三月和风满上林 066
浣溪沙·青杏园林煮酒香 067
浣溪沙·一曲新词酒一杯 068
浣溪沙·红蓼花香夹岸稠 069
浣溪沙·淡淡梳妆薄薄衣 070
浣溪沙·小阁重帘有燕过 071

003

浣溪沙·宿酒才醒厌玉卮 072
浣溪沙·绿叶红花媚晓烟 073
浣溪沙·湖上西风急暮蝉 074
浣溪沙·杨柳阴中驻彩旌 075
浣溪沙·一向年光有限身 076
浣溪沙·玉椀冰寒滴露华 077
酒泉子·三月暖风 078
酒泉子·春色初来 079
临江仙·资善堂中三十载 080
连理枝·玉宇秋风至 082

连理枝·绿树莺声老 084
木兰花·东风昨夜回梁苑 086
木兰花·帘旌浪卷金泥凤 087
木兰花·燕鸿过后莺归去 088
木兰花·池塘水绿风微暖 090
木兰花·玉楼朱阁横金锁 092
木兰花·朱帘半下香销印 094
木兰花·杏梁归燕双回首 096
木兰花·紫薇朱槿繁开后 097
木兰花·春葱指甲轻拢捻 098

| | |
|---|---|
| 木兰花 · 红绦约束琼肌稳 | 099 |
| 破阵子 · 海上蟠桃易熟 | 101 |
| 破阵子 · 燕子欲归时节 | 102 |
| 破阵子 · 忆得去年今日 | 103 |
| 破阵子 · 湖上西风斜日 | 104 |
| 破阵子 · 春景 | 105 |
| 菩萨蛮 · 芳莲九蕊开新艳 | 107 |
| 菩萨蛮 · 秋花最是黄葵好 | 108 |
| 菩萨蛮 · 人人尽道黄葵淡 | 109 |
| 菩萨蛮 · 高梧叶下秋光晚 | 110 |
| 清平乐 · 春花秋草 | 111 |
| 清平乐 · 秋光向晚 | 113 |
| 清平乐 · 春来秋去 | 114 |
| 清平乐 · 金风细细 | 115 |
| 清平乐 · 红笺小字 | 116 |
| 秋蕊香 · 梅蕊雪残香瘦 | 117 |
| 秋蕊香 · 向晓雪花呈瑞 | 118 |
| 鹊踏枝 · 槛菊愁烟兰泣露 | 119 |
| 鹊踏枝 · 紫府群仙名籍秘 | 120 |
| 瑞鹧鸪 · 咏红梅 | 122 |

瑞鹧鸪·江南残腊欲归时 124
睿恩新·芙蓉一朵霜秋色 126
睿恩新·红丝一曲傍阶砌 128
山亭柳·赠歌者 129
少年游·重阳过后 131
少年游·霜华满树 132
少年游·芙蓉花发去年枝 133
少年游·谢家庭槛晓无尘 134
诉衷情·青梅煮酒斗时新 135
诉衷情·东风杨柳欲青青 136

诉衷情·芙蓉金菊斗馨香 137
诉衷情·数枝金菊对芙蓉 138
诉衷情·露莲双脸远山眉 139
诉衷情·秋风吹绽北池莲 140
诉衷情·世间荣贵月中人 141
诉衷情·海棠珠缀一重重 142
诉衷情·寿 143
诉衷情·喧天丝竹韵融融 145
踏莎行·细草愁烟 146
踏莎行·祖席离歌 147

踏莎行·碧海无波 149
踏莎行·绿树归莺 151
踏莎行·小径红稀 153
殢人娇·玉树微凉 154
殢人娇·二月春风 156
殢人娇·一叶秋高 158
望汉月·千缕万条堪结 160
望仙门·紫薇枝上露华浓 161
望仙门·玉壶清漏起微凉 162
望仙门·玉池波浪碧如鳞 163

喜迁莺·风转蕙 164
喜迁莺·歌敛黛 166
喜迁莺·烛飘花 167
喜迁莺·花不尽 168
喜迁莺·曙河低 169
相思儿令·昨日探春消息 170
相思儿令·春色渐芳菲也 171
燕归梁·双燕归飞绕画堂 172
燕归梁·金鸭香炉起瑞烟 173
谒金门·秋露坠 174

迎春乐·长安紫陌春归早 175
渔家傲·画鼓声中昏又晓 176
渔家傲·荷叶荷花相间斗 177
渔家傲·荷叶初开犹半卷 178
渔家傲·杨柳风前香百步 179
渔家傲·粉笔丹青描未得 181
渔家傲·叶下鵁鶄眠未稳 183
渔家傲·罨画溪边停彩舫 185
渔家傲·宿蕊斗攒金粉闹 187
渔家傲·脸傅朝霞衣剪翠 189

渔家傲·越女采莲江北岸 191
渔家傲·粉面啼红腰束素 193
渔家傲·幽鹭慢来窥品格 195
渔家傲·楚国细腰元自瘦 197
渔家傲·嫩绿堪裁红欲绽 199
雨中花·剪翠妆红欲就 201
玉楼春·春恨 202
玉堂春·帝城春暖 203
玉堂春·后园春早 205
玉堂春·斗城池馆 206

# 晏殊生平与创作

# 生平：少年得志，官至宰相

## 夙慧早成，此少年可堪大任

晏殊（991—1055），字同叔，抚州临川（今属江西）人。晏殊自幼聪慧，少有才名，7岁就能写文章，被传为"神童"。既然都被称为"神童"了，如果在他身上不发生点惊天动地的大事，似乎对不起这个称号。

果不其然，景德元年（1004），晏殊的才名传到了江南安抚使张知白的耳朵里，张知白爱才，当即就将其推荐给了朝廷。景德二年（1005），年仅14岁的晏殊参加殿试。不要以为能参加殿试，就离成功不远了，这次与他一同参加殿试的可是有一千多人啊，竞争压力简直不要太大。但晏殊心态好，根本不在意，只见他神情自若，挥笔即就，轻轻松松完成了答卷。宋真宗一看，果然是神童，当即就嘉赏了晏殊，赐"同进士出身"。

过了两天，晏殊又被召参加诗、赋、论的考试，可是当晏殊打开试卷的那一刻，他愣了一下，然后上奏说："臣尝私习此赋，不敢隐。"原来，晏殊考试押题押中了。考试遇见自己做过的题，这种好事要是搁在别人身上，还不偷着乐啊，这简直就是白捡的分嘛，逆天的运气呀！但是，晏殊生性老实，不屑取巧，他对自己的才能也十分自信，于是主动上奏了押中试题的事情，让考官换了新的试题。宋真宗看了晏殊的这一顿操作，更加惊喜了，就差没当场喊出："好小子，朕果然没有看错你！"

一连刷了两波好感，晏殊在宋真宗的眼里，那就是国之栋梁，必须要好好培养。于是，任命晏殊为秘书省正字，让他留在秘阁读书，还命陈文僖公视其学。秘阁里的各种珍贵藏书随便看随便读，还有专业导师监督指导自己的学业，这样的配置，想学不好都不行呀。景德三年（1006），晏殊被召参加中书省的考试，勤奋学习了一年的晏殊不负众望，转迁太常寺奉礼郎。大中祥符元年（1008），因为真宗封禅泰山，晏殊又被擢升为光禄寺丞。大中祥符三年（1010），晏殊作《清河颂》献给真宗，又任集贤校理。短短几年之内，晏殊接连获得擢升，羡煞旁人。

晏殊少年得志，本该志存高远，在政坛大展拳脚，但他的人生轨迹并没有朝着建功立业的方向发展。晏殊有个感情要好的弟弟，名叫晏颖。与晏殊一样，被冠以"神童"之名，并共同举荐给朝廷，被赐"同进士出身"，授奉礼郎。兄弟俩本来感情就好，又一齐被选入翰林伴读，一家人都高兴无比。但"颖闻之，走入书室中，反关不出。其家人辈连呼不应，乃破壁而入，则已蜕去。"得知皇帝的恩赐，晏颖却将自己反关进房间，当家人推门进去时，才发现他已经去世了。此时的晏殊不过21岁，弟弟的突然去世对他影响很大，以至于他的性格变得十分敏感，常常忧惧生死。再加上朝堂之上，波谲云诡，尔虞我诈，晏殊不愿参与其中，因而谨言慎行，事事小心。

也正因为他处处谨慎的行事态度，晏殊更加受宋真宗赏识。《宋史·晏殊传》载："帝每访殊以事，率用方寸小纸细书，已答奏，辄并稿封上，帝重其慎密。"真宗每次有事想要咨询晏殊的意见，都会用一张方寸大小的纸条将问题细细书写好给他。而晏殊则会把自己的建议写好后，连同真宗提问的小纸条一起装进信封封好，呈递给真宗。做事如此谨慎细致的晏殊，让宋真宗很是放心，因而越来越喜欢、越来越器重他。

天禧元年（1017），晏殊的父亲去世，晏殊丁父忧，辞官回到了临川老家。一般情况下，皇帝身边根本不缺优秀的人，今天你被重用，明天他又得皇帝欢心了。因此，长时间不在皇帝身边，可能很快就被皇帝淡忘了。奈何晏殊就是特殊的存在，才辞官回乡不久，宋真宗就开始想念晏殊了，还没等到晏殊服丧期满，就将他召回了京师，命他从驾祭祀太清宫。随后奉诏编修宝训，之后再次升迁，同判太常礼院。不久，晏殊的母亲去世，因为丁母忧，他请求等到服丧期满之后再任职，却没被允许。

天禧二年（1018），宋真宗的第六子赵受益（也就是后来的皇帝赵祯）被封为"升王"，晏殊被提升为左正言、直史馆，成为升王府记室参军。同年九月，赵受益被册封为皇太子，赐名"赵祯"。宋真宗要为东宫太子选配伴读，直接就选中了晏殊，其实也是看重了晏殊是个老实人。周围的大臣们听说真宗选了晏殊当太子赵祯的老师，都认为他年纪轻轻，难堪此任。宋真宗却说："最近听说大臣们都在嬉戏游玩、聚会宴饮，只有晏殊是个例外。他整日闭门不出，研读诗书，这样谨慎好学的人，才适合辅佐太子啊！"

宋真宗也向晏殊说明了选中他的原因，晏殊却坦率地说："我不是不喜欢游乐，只是由于贫穷，才没有去。如果我有钱，我也会去游玩的。"宋真宗听了晏殊的回答，不但没有改变决定，反而对他能够说出实话感到十分满意，直接被擢升为尚书户部员外郎，任太子舍人，"赐紫金，知制诰，判集贤院"。

此时的晏殊就是皇帝身边的大红人，宋真宗对他十分宠信。而能够被任命为太子舍人，这样一个在太子宫中与太子十分亲近的属官，也为晏殊日后的升迁奠定了坚实的基础。不久之后，晏殊又"迁翰林学士，充景灵宫判官、太子左庶子、兼判太常寺、知礼仪院"。总之，晏殊的政治生涯仿佛开了挂一样，一路做到了宰相。

## 低调做官，安稳度过官场五十年

　　晏殊的政治生涯可以用"富贵平顺"来形容，被后世称为"太平宰相"。他一直身居高位，没有什么大起大落，即使被贬谪了，也是去个富庶之地当知州。他虽才华横溢，但似乎没什么远大抱负，既不参与朝堂争斗，也不兴什么改革变法，一心只想安安稳稳地度过自己的政治生涯。这位大佬，明明握着一手好牌，但就是一张也不出，简直就是"北宋第一佛系打工人"。就连他的学生欧阳修都评价他："富贵优游五十年，始终明哲保身全。"

　　晏殊做官之稳，与他低调处世的政治智慧是分不开的，从处理宰相寇准一事上就可以看出。宋真宗得风湿病后，就由刘皇后参与朝政，而刘皇后十分信任丁谓，朝政大事皆问丁谓，实际上就成了丁谓专权。但丁谓邪佞狡诈，有识之士都是有目共睹的。于是，宰相寇准与王旦、向敏中等元老重臣一起上奏，建议真宗选择正大光明的大臣来辅佐太子监国。寇准向来心性耿直，在皇帝面前也是直言不讳："丁谓、钱惟演是奸佞之人，不能辅佐少主。"病中的宋真宗此刻也意识到了丁谓专权的后果，对寇准等人的建议表示赞同。宋真宗都点头了，于是寇准就让知制诰杨亿秘密起草太子监国的诏旨，并且准备与杨亿一起辅政。不料，这件事却泄露了。寇准这下不仅把丁谓得罪了，还把刘皇后得罪得透透的。刘皇后先前因为娘家人的事已与寇准结下怨仇，这次自然不能轻易让此事过去，便直接罢了寇准宰相的职位，封了个莱国公。而丁谓向来就与寇准不和，借着太监周怀政密谋政变之事，直接联合亲信上奏，诬告寇准参与密谋，想置寇准于死地。

　　宋真宗得知寇准参与密谋，十分生气，但又对此拿捏不定，就将晏殊召入宫来，拿出众臣联名弹劾寇准的折子。此时的晏殊能不知道当下是什么局势吗？可他即使知道寇准的忠心，却也不敢为寇准说好话，只说："臣如今掌外制，这不是臣负责的工作。"直接从这场争斗中脱身而出，静默旁观。

后人对于晏殊在寇准案子上的不作为多有批评，但仔细想一下当时的处境，也能理解晏殊的难处。无论是刘太后还是丁谓，都是晏殊得罪不起的人，一个不小心就会给自己招来杀身之祸。他并不想卷入朝堂争斗，只是想安安稳稳熬到退休而已。因此，他选择了回避。据说被召见的当晚，晏殊连家都不敢回，生怕自己出宫后，被别人说他有向寇准泄密的嫌疑。对于此事，晏殊真正是做到了"事不关己，高高挂起；明知不对，少说为佳；明哲保身，但求无过"。

能够纵横官场五十年而无有大挫折，晏殊的政治智慧并不是常人所能及的。但晏殊之所以选择了佛系为官，与当时的政治环境是分不开的。晚唐时期，由于武将权力太大，皇权旁落，最终导致了藩镇割据。有了晚唐的前车之鉴，宋朝统治者自开国以来就重文轻武，加强中央集权。因此，宋朝的士大夫们不仅俸禄高，休假多，而且退休待遇还特别好。朝廷不仅不奖励战功，反而"待遇士大夫甚厚"，这样一来，朝野上下自然都无心建功立业，能不作为就不作为了。而晏殊就是这朝野中最没有功利心的一员。前文也说了，晏殊因为弟弟的去世，导致性格敏感，因而十分爱惜自己的小命，只求一辈子安安稳稳。

但晏殊真的凡事都"事不关己，高高挂起"吗？乾兴元年（1022），宋真宗驾崩，皇太子赵祯即位，也就是宋仁宗。这一年对于宋朝来说，是一个关键时刻，此时的宋仁宗只有11岁，还是个孩子，便由嫡母刘太后听政。因此，宰相丁谓和枢密使曹利用都想独揽大权，要求单独向太后汇报工作。朝臣们议论纷纷，一直僵持不下，但又谁都不敢对他们的提议作出决断。毕竟，先帝驾崩，新帝年幼，又无重臣辅佐，朝局上下，多有动荡，一旦这件事处理不好，引起内乱，宋朝可能就到这儿了。关键时候，晏殊挺身而出，建议说："群臣奏事太后者，垂帘听之，皆无得见。"朝臣奏事，就让太后"垂帘听政"，大家都不能面见。至此，这件事才了结。

事后，刘太后对晏殊也是关照有加，毕竟晏殊的建言帮他们娘俩稳定了朝局，再加上他是仁宗在东宫时的旧臣，先是拜右谏议大夫兼翰林侍读学士，后又额外加恩，迁给事中、景灵宫副使，判吏部流内铨。后来，晏殊又被叫去参与编修《真宗实录》，并在崇政殿为仁宗讲授《易》。他先是进升为礼部侍郎、知审官院，为枢密副使，后又自礼部侍郎转迁刑部侍郎。

晏殊再一次发挥他的关键作用是在宋夏战争爆发后。当时割据西北的党项首领李元昊称帝，建立了西夏政权，于康定元年（1040）出兵延州（今陕西延安）。面对边情告急，屡屡战事不利，晏殊冷静分析宋夏战局，奏陈良策："请罢监军，无以阵图授诸将，使得应敌为攻守，及制财用为出入之要，皆有法。"一方面晏殊建议撤销内臣监军，使统帅有权决定军中大事，不用阵图去约束诸将，让诸将面对敌人的时候能够随机应变，同时还积极招募弓箭手，训练他们作战技能，以备作战之用；另一方面，他还建议整顿财赋制度，清点并拿出宫中多余的财物，资助边关军饷，同时对各司冒领侵占的物资，追还国库统一调度。晏殊的建议被宋仁宗全数采纳并实施，这些措施均产生了积极的效果，终于使李元昊降服称臣。

## 屡遭外贬，却撑起了北宋大半个朝堂

在北宋的朝堂上，晏殊虽然看似无功无过，无所作为，但却总是发挥着关键性的作用。他在政治上确实没有大的建树，但在培育人才、选贤举能方面，晏殊绝对是个大功臣。晏殊自己就是被举荐的，因此，在晏殊的政治生涯中，他逢才必荐。在给北宋输送人才这方面，稍微夸张一点说，晏殊可谓撑起了北宋大半个朝堂。欧阳修、范仲淹、孔道辅、富弼等，这些北宋朝堂上的风云人物，都出于晏殊的门下。

天圣三年（1025），晏殊由于上疏论张耆不宜为枢密使而得罪了刘太后。因为刘太后寒微之时，曾得到张耆帮助，还由张耆介绍给当时还是太子的真宗，真宗即位后，刘氏便成为了皇后。所以，张耆是有恩于刘太后的，自然受到宠信。刘太后虽然对晏殊的参奏很恼怒，却没有立即降罪于他。一方面，此时的晏殊是宋仁宗的近臣，深受信任；另一方面，上疏论述张耆的缺点也算不上什么罪状。后来，晏殊跟从仁宗驾临玉清昭应宫，有个持笏的侍从来晚了。晏殊这个人，性格刚毅直率，如此重要的场合，竟然有人懈怠，当即大怒，直接拿起笏击打这个侍从，结果打掉了侍从的一颗牙齿。因此，晏殊被御史参奏了。此时宋仁宗还没有亲政，由刘太后听政。晏殊先前就得罪过刘太后，如今他被御史参奏，刘太后抓住机会，直接罢去了晏殊枢密副使的官职，将他谪降为宣州知州。

几个月后，又将他改调南京留守、知应天府（今河南商丘）。这次谪降，对于晏殊来说不过是一个小挫折。虽然是被贬，但应天府所在地乃是宋朝四京城之一的南京，政治经济一片繁荣，并不需要晏殊操太多心。但晏殊看到自五代以来，历经战乱，学校都荒废了，于是他决定要好好发展教育事业。用欧阳修的话来说就是："自五代以来，天下学废，兴自公始。"晏殊积极倡导州、县办学，办成了中国古代四大书院之一的应天府书院。后于庆历三年（1043）改升南京国子监，成为北宋最高学府。

也是在这一时期，晏殊与范仲淹结下了深厚的交情。当时，范仲淹因为母亲去世，丁忧在家。按照儒家的礼仪，丁忧期间，范仲淹是不能任职的。但是晏殊不顾世俗偏见，坚持延聘范仲淹出任书院的掌学。范仲淹也被晏殊的诚心感动，接下了晏殊的邀约，执掌应天书院教席。在范仲淹主持教务期间，他勤勉督学、以身示教，创导时事政论。有了范仲淹的助力，晏殊的办学事业进展得十分顺利，书院学风也焕然一新。

在与范仲淹合作办学期间，晏殊还发现了范仲淹有治世才华，不能只屈居在这小小的书院执掌教席，于是力荐范仲淹，盛赞其"为学精勤，属文典雅，略分吏局，亦著清声"，还面圣陈述范仲淹既往政绩。天圣六年（1028）十二月，宋仁宗征召范仲淹入朝。范仲淹凭借自己的才能，顺利通过考试，升任秘阁校理。

与晏殊的谨言慎行不同，范仲淹一向秉公直言，有什么说什么。宋仁宗登基时由于年幼，所以一直由刘太后主持朝政，直到宋仁宗19岁时，朝政也依然把持在刘太后手中。天圣七年（1029），仁宗有意率百官在会庆殿为太后祝寿。范仲淹则认为这混淆了家礼与国礼，谏言仁宗放弃此次朝拜，仁宗不理会，他又上疏刘太后，请求还政于仁宗，依然没有回复。晏殊听闻此事，吓得一身冷汗，痛批范仲淹此举太过轻率："尔岂忧国之人哉！众或议尔以非忠非直，但好奇邀名而已。苟率易不已，无乃为举者之累乎！"（《上资政晏侍郎书》）范仲淹据理力争，晏殊则怒斥道："勿为强辞！"这一番老父亲般言论，既是对范仲淹的关心、指点，毕竟范仲淹这样刚正不阿、耿直的性情在官场上很容易得罪人，也体现出晏殊"不在其位，不谋其政"、安分守己、明哲保身的为官态度。

虽然在为官之道上，二人有一些分歧，但是由于晏殊知人善任，范仲淹始终铭记晏殊的知遇之恩，终身执门生礼。即便后来，范仲淹得到宋仁宗的重用，官拜参知政事，与晏殊同朝为相，也依然未曾改变。

晏殊被贬谪到地方的时候，就大办学校，积极发掘举荐地方人才。而当他在京担任主考官的时候，那就更是尽心尽责为宋朝挑选人才了。天圣六年（1028），晏殊奉诏回到了京师，拜御史中丞，改兵部侍郎，翰林侍读学士，知礼部贡举，三司使，改参知政事。总之，晏殊在商丘待了两年多的时间，皇帝就又想他了，便将他召回了京师，而且还让他主持贡举，为国家选拔人才。这可是晏殊最擅长的呀，他选了欧阳修为第一名。欧阳修的科举之路十分坎坷，连续两次参加科举都落榜了。他年幼时家中贫困，可能因为营养不良，长大后身材瘦弱，其貌不扬，但晏殊一眼就看中他是个人才，称赞："今一场中，唯贤一人识题。"欧阳修虽然在国子监考试、国学解试、礼部考试中连连第一，但在最后的殿试却只获得第十四名的成绩。在晏殊看来，欧阳修虽然有才华，但在考场上过于锋芒毕露。众考官大概是想要挫挫他的锐气，促其成才。可能也是因为欧阳修的这性子吧，在后来的官途上，可是把晏殊气得不轻。甚至到了晚年，两人还常常发生冲突。

作为晏殊的学生，范仲淹、欧阳修等人大都是激进的改革派，在政治上忧国忧民，时刻准备着要为国献身，但晏殊惜命得很，为官只求一个"稳"字。因此，欧阳修、范仲淹等人常常对恩师的一些行为看不过去，难免会起冲突。虽然他们与晏殊的政见多有不同，但依然十分尊敬自己的恩师。包括后来欧阳修奉命为晏殊撰写神道碑铭时，也只是用"明哲保身全"稍稍表达了自己对恩师在为官上"不作为"的一点小情绪。但是，对于恩师的品德、功绩还是大加歌颂的。

此外，除了欧阳修这样直接被晏殊选拔的，先前宋庠、宋祁考中进士时，礼部上报了合格进士的名字，晏殊也曾奉诏参与名次排列，算是间接选拔。所以，宋庠、宋祁、欧阳修都尊晏殊为师。

不过，晏殊回到京师也没做几年安稳的官，就迎来了第二次降谪。这一次的降谪可以算是晏殊政治生涯中最大的挫折了。明道二年（1033），晏殊因为撰写李宸妃墓志失实被罢职降谪。原来，李宸妃原先是刘皇后的侍女，但因为刘皇后一直未能生育，便让李氏去侍候真宗。结果李氏为真宗生了个儿子，也就是现在的仁宗。当时，刘皇后没有子嗣，为了巩固自己的位置，就将李氏的儿子据为自己的亲生子。碍于刘皇后的势力,宫中人对此也不敢言论,因此,仁宗一直不知道自己的生身母亲是李宸妃。后来李宸妃逝世,晏殊奉命撰写墓志。如何给李宸妃盖棺定论,实在是个棘手的问题。再加上当时掌权的是刘太后,晏殊更加不敢言明真相,只在碑文中说李宸妃生女一人,无子,并未言明李宸妃是仁宗生母之事。刘太后本来是打算以宫人之礼葬李宸妃的,但宰相吕夷简提醒刘太后,如此薄待仁宗生母,恐怕将来仁宗知道真相后会对刘氏家族不利,刘太后这才醒悟,最后以一品礼治丧,用太后的服饰成殓,棺中置水银,殡于洪福寺。一年后,刘太后薨逝,曾经不被刘太后任用的人,趁机告诉了仁宗他的生母其实是李宸妃,而且是被谋害死的。仁宗伤心欲绝,亲自去洪福寺祭奠,准备为李宸妃另换棺椁。却在开棺后看到自己的生母冠服如皇太后,根本不信生母是被害死的说法。仁宗更生气了,满朝大臣根本就没有人对自己说实话。尤其是自己的老师晏殊,自自己出生的时候就已经是先帝的侍臣,不可能不知道实情。但是看看他撰写的碑文,分明就是欺君罔上。

仁宗怒不可遏,直接将晏殊赶出了京师,以礼部尚书知亳州(今安徽亳州),两年后迁知陈州(今河南淮阳)。无端被贬,晏殊也是委屈得很,撰写墓志,自己也是奉命行事啊,而且自己一直都本本分分的,为什么要遭如此横祸呢?虽然晏殊不像大多数文人那样,每次遭受贬谪就作文控诉上天多么的不公,自己多么的怀才不遇,但是心中有不快确实是真的。《能改斋漫录》记载,晏殊在从亳州调赴陈州的饯行宴会上,只因为唱歌的官妓在歌词里唱了一句"千里送客行",就大为恼火,怒斥那个官妓:"我平生调任,远离京师从来就没超过五百里,哪里来的一千里?""千里"不过是个泛指,但晏殊偏偏纠结于是"一千里"还是"五百里",其实就是介意自己被贬官。毕竟,自己心中若真的不介意迁谪之事,哪里屑与一个官妓争论呢?

宝元元年(1038),在离京五年之后,晏殊再次被召回京师,担任御史中丞、三司使。这次归来后,晏殊的政治生涯达到了顶峰。庆历二年(1042)三月,晏殊以刑部尚书、集贤殿大学士、枢密使加兼同中书门下平章事,正式成为宰相。晏殊一向简朴清廉,性格刚毅直率,又十分爱才,遇人必以诚,得善更是全力举荐。因此,当他位居相府的时候:"范仲淹、韩琦、富弼皆进用,至于台阁,多一时之贤。天子既厌西兵,闵天下困弊,奋然有意,遂欲因群材以更治,数诏大臣条天下事。"此时北宋朝堂的重臣大多都是晏殊的学生,而晏殊的女婿富弼、杨察也是朝廷重臣。晏殊在政坛如此显赫,自然就遭到了小人的嫉妒。庆历四年(1044)九月,谏官孙甫、蔡襄上疏参了晏殊一本,理由是晏殊役使官兵修建自己的私第。其实,按例宰相役使手下的兵丁在当时是允许的,不能以此论罪,但晏殊还是被罢去了相位,以工部尚书知颍州(今安徽阜阳)。

这是他第三次被贬,此时的晏殊已经54岁了,而这次的贬谪自知颍州,历经陈州、许州,60岁时出任永兴军节度使,后调知河南府兼西京留守,一直持续了十年之久。直到至和元年(1054)六月,64岁的晏殊才因病获准返回汴京。本来晏殊是打算病好了以后再出京供职的,但他的病一直未见好转。宋仁宗也念他是东宫旧臣,便封他为迩英阁侍讲,每隔五日朝见仁宗一次,仍然以宰相的礼仪待他。至和二年(1055)正月,晏殊的病情开始恶化。仁宗想要去探望他,晏殊知道后,立即派人上奏说:"臣老疾,行愈矣,不足为陛下忧也。"但晏殊并没有痊愈,于正月二十八日病逝,享年65岁。晏殊去世后,宋仁宗亲临祭奠,也因为自己没能来探望而感到遗憾,特意为他罢朝二日,并赠给他司空兼侍中的官爵,谥号为"元献"。"以其年三月癸酉,葬公于许州阳翟县麦秀乡之北原。既葬,赐其墓隧之碑首曰'旧学之碑'",命欧阳修撰神道碑铭。

# 创作：闲适快意，含蓄婉约

## 身居高位，终成北宋词坛盟主

晏殊自幼聪颖好学，即便他晚年时疾病缠身，也依然手不释卷，在文学上也有多方面的成就和贡献。晏殊不仅爱好写词，而且工诗善文。晏殊的诗歌，宋祁《笔记》载："晏相国，今世之工为诗者也。末年，见编集者乃过万篇，唐人以来所未有。"而其文章又能"为天下所宗"。《东都事略》说他有文集240卷，《中兴书目》作94卷，《文献通考》载《临川集》30卷，皆不传。传者惟《珠玉词》3卷。汲古阁将之并为1卷，为《宋六十名家词》之首集，计词131首。有清人所辑《晏元献遗文》行于世。《全宋诗》中收其诗160首、残句59句、存目3首。在《全宋文》中仅存散文53篇。

晏殊的作品虽然流传下来的比较少，但并不影响他在中国古代文学史上的地位。王国维在《人间词话》中，认为"古今之成大事业、大学问者，必经过三种之境界"，而这"第一境界"便是晏殊的"昨夜西风凋碧树，独上高楼，望尽天涯路。"（《蝶恋花·槛菊愁烟兰泣露》）

就词而论，从中晚唐和五代时兴起，在经历了五代后期和宋初的百余年战乱后，已经到了十分冷落的地步。在晏殊以前，"虽时时有妙语，而破碎何足名家"，而宋朝在经历了半个多世纪的涵养生息后，文化渐渐振兴，词坛也开始活跃。在当时的北宋，谈到谁的词写得好，一定绕不过这三个人：柳永、张先和晏殊。柳永作为婉约派的代表人物，他的词雅俗并陈，而且大多描写的是市民阶层的男女之情以及平民生活和市井风光，因此在民间十分流行，"凡有井水饮处，即能歌柳词"。但也因为他的很多作品用词粗俗，甚至流于淫亵，被很多文人不耻，不愿学习。虽然在民间小火了一把，但却无人继承。至于张先，仅仅是一个籍籍无名的小官吏，由于位卑职小，又不似柳永那般善于交游，虽然词写得好，却也仅限于三五好友偶尔聚在一起相互探讨的程度，因此很快就没有什么水花了。

而晏殊与他二人皆不同。他文学底子好，诗词文章样样出色，尤其以作词最拿手。晏殊十分喜欢南唐冯延巳的词，因而在创作上总向冯延巳靠拢，钻研临摹下来，已经达到了与冯延巳不相上下的程度。此外，与柳永混迹市井不同，晏殊一生历任高官，当时的文人名士大多都是他的门下，自然相互唱和，对他如众星捧月。例如与欧阳修共同拜晏殊为师的宋庠、宋祁两兄弟。虽然宋氏兄弟身份显贵，但二人每每有文章作成，总要手抄寄给晏殊，请他修改润饰。晏殊被贬亳州和陈州的时候，也常常与欧阳修、宋庠等人互寄诗作唱和。果然，经过门下文人的一众唱和，晏殊竟成为了当时的词坛盟主，红极一时。同时，晏殊的学生众多，这对他的词也起到了很好的继承和发扬作用。

## 词风婉约，写尽宴饮游乐之事

晏殊的词风格含蓄婉丽，扬名北宋词坛，而他的第七个儿子晏几道，完美继承了晏殊优良的文学基因，也是词坛大家，因而后世便将他们父子称为"大晏"和"小晏"。再加上欧阳修的词风与晏殊相近，并且青出于蓝而胜于蓝，后人又将他与欧阳修并称"晏欧"，把他们二人的词称为"晏欧词"，继而发展成为词坛婉约派一大宗。

晏殊一生写了1万多首词，只可惜大部分已散佚，仅存130余首辑录于《珠玉词》。晏殊的词清丽婉约，描绘的内容大多也都是宴饮游乐，这与他一生都身居高位、富贵平顺的经历是分不开的。当时的臣僚们都喜欢聚在一起寻乐酒肆或设帐宴游，晏殊也不例外。在晏殊早年的词作中，就有不少描绘外出游乐的作品，如"当此际、青楼临大道。幽会处、两情多少。"（《迎春乐·长安紫陌春归早》）"东城南陌花下，逢着意中人。回绣袂，展香茵。叙情亲。"（《诉衷情·青梅煮酒斗时新》）此时的词作中还透露着宴游中的少男少女之间的懵懂情愫。

晏殊的政治生涯虽然没有什么大起大落，但也曾三次被贬谪，使他感到官场凶险，也因此更加看淡官禄名利，顺遂自然，常常感叹人生短暂，讲究及时行乐。他这种思想也一直贯穿于他的作品之中。在宣州时，晏殊因为无端遭贬，难免心中惆怅，于是便邀三五好友，泛舟湖上，以官妓相随，尽情饮酒作乐，享受当下。"红蓼花香夹岸稠。绿波春水向东流。小船轻舫好追游。渔父酒醒重拨棹，鸳鸯飞去却回头。一杯销尽两眉愁。"（《浣溪沙·红蓼花香夹岸稠》）而在《浣溪沙·一曲新词酒一杯》中，晏殊直接感叹光阴短暂："夕阳西下几时回？无可奈何花落去，似曾相识燕归来。"清代陈廷焯在《词则·大雅集》中评价道："有一刻千金之感。"

但又因晏殊被外贬的地方不是穷乡僻壤而是富饶之地，降谪之后也是一方知州这样的职位，因而他还是能够保持达观的态度。在晏殊被贬后的词作中，虽偶有愁绪，但少有怨恨，更多的还是表达对京师的怀念，对皇帝的感恩。在陈州时，得知曾一起在东宫侍读的朋友奉诏回京，晏殊便在送别的宴会上作《临江仙·资善堂中三十载》词："待君归觐九重城。帝宸思旧，朝夕奉皇明。"词中流露出晏殊浓浓的思君之情，他希望仁宗能够顾念旧日情分，早日召自己回京侍奉。

晏殊第二次贬谪归来后，官至宰相，达到了他的仕途高峰。这一时期的晏殊春风得意，词作也多是展现清闲快意、逍遥自在的生活。或是在闲暇里饮酒，看着云中雁的归去、梁上燕的归来。"无情一去云中雁。有意归来梁上燕。有情无意且休论，莫向酒杯容易散。"（《木兰花·东风昨夜回梁苑》）或是依靠在栏杆上，闻着花香露浓，听着管弦之声，静静地欣赏夕阳西下。"小槛朱阑回倚，千花浓露香。脆管清弦、欲奏新翻曲，依约林间坐夕阳。"（《玉堂春·斗城池馆》）

有人说晏殊的词尽是宴饮游乐，浮躁得很，歌酒消遣之余，还总是发出一些消极颓唐的无病呻吟。但其实，无论是年少时的天真烂漫，还是获罪外贬时的感叹人生，或是历经沉浮后的闲适从容，词始终贯穿其一生，反映着他每个阶段的人生经历与感悟。展现了他及时行乐、乐观处世的人生态度。

# 晏殊词

## 采桑子·春风不负东君信

春风不负东君[1]信,遍拆[2]群芳。燕子双双。依旧衔泥入杏梁。

须知一盏花前酒,占得韶光。莫话匆忙。梦里浮生足断肠。

◇注释

[1] 东君:司春之神。

[2] 拆:裂开,绽开。

◇译文

春风没有辜负春神的信任,让所有的花儿都绽放了。成双成对的燕子,像往常一样衔着春泥飞入屋梁。

一定要斟一杯美酒,把握这美好的春光。不要说人生匆匆。人生如梦,缥缈而逝,就足够让人悲伤了。

## 采桑子·红英一树春来早

红英一树春来早,独占芳时。我有心期[1]。把酒攀条惜绛蕤[2]。

无端一夜狂风雨,暗落繁枝。蝶怨莺悲。满眼春愁说向谁?

◇注释

[1] 心期:心中期盼之事。

[2] 蕤(ruí):草木花下垂的样子。代指花。

◇译文

春天来得早,红花开满了树枝,独占了这美好的时光。我的心中有期盼。持着酒杯攀折枝条,爱惜着这些红色的花儿。

夜里无缘无故来了一场狂风暴雨,吹落了这满树繁花。蝴蝶埋怨春莺悲啼。满眼的春愁要向谁诉说呢?

## 采桑子·阳和二月芳菲遍

阳和[1]二月芳菲遍,暖景溶溶[2]。戏蝶游蜂。深入千花粉艳中。

何人解系天边日,占取春风。免使繁红。一片西飞一片东。

◇注释

[1] 阳和:春天的温和之气。也指春天。

[2] 溶溶:暖和的意思。

◇译文

早春二月,遍地开满了鲜艳的花,天气暖洋洋的。蝴蝶与蜜蜂嬉戏飞舞。我置身于万紫千红的花丛深处。

谁知道怎样才能将天边的太阳系住,让春风延驻。不要让这遍地的繁花,一片一片被吹落。

# 采桑子·樱桃谢了梨花发

樱桃谢了梨花发,红白相催。燕子归来。几处风帘绣户[1]开。

人生乐事知多少,且酌金杯。管咽弦哀。慢引萧娘[2]舞袖回。

◇ 注释

[1] 绣户:华丽的居室,多指女子的住所。

[2] 萧娘:代指美女。

◇ 译文

樱桃花谢了,梨花开放,红色、白色的花骨朵相继绽开。燕子飞回来了。春风吹开了女子居室的绣帘。

人生短暂,快乐的事又有多少,姑且喝酒吧。管声低沉,弦乐哀伤。缓慢地引导着舞娘水袖旋转。

# 采桑子·石竹

古罗衣上金针样,绣出芳妍。玉砌朱阑。紫艳红英照日鲜。

佳人画阁新妆了,对立丛边。试摘婵娟[1]。贴向眉心学翠钿。

◇注释

[1] 婵娟:姿态美好的样子。此处指石竹花。

◇译文

石竹花就像绣着金线图案的轻纱罗衣,轻盈而美好。玉砌的台阶,朱红的栏杆。紫色的、红色的花朵在日光下显得格外鲜艳。

有美丽的女子在楼阁上化好了新的妆容,站立在花丛的对面。想要摘取这石竹花,将花瓣贴在眉心上装扮自己。

# 采桑子·时光只解催人老

时光只解[1]催人老,不信[2]多情。长恨离亭[3]。泪滴春衫酒易醒。

梧桐昨夜西风急,淡月胧明。好梦频惊。何处高楼雁一声。

◇注释

[1] 只解:只知道。

[2] 不信:不理解。

[3] 离亭:古代城外大道旁,五里设短亭,十里设长亭,人们会在此送行饯别,故称离亭。

◇译文

时光只知道催促人变老,却不理解人世间的多情。你看那离亭送别的人啊。泪水滴落到衣衫上,想喝醉却很容易就清醒了。

昨天夜里,西风骤起,吹落了梧桐树的叶子,月色朦胧,清冷而惨淡。我屡次从美梦中惊醒。不知是哪一座高楼上的大雁发出凄厉的啼叫。

# 采桑子·林间摘遍双双叶

林间摘遍双双叶[1]，寄与相思。朱槿开时。尚有山榴一两枝。

荷花欲绽金莲子，半落红衣[2]。晚雨微微。待得空梁宿燕归。

◇注释

[1]双双叶：古代年轻女子会将两片树叶插在发髻上作装饰，寄双叶则有寄相思的意思。

[2]红衣：此处指荷花的花瓣。

◇译文

林间的双叶被年轻女子们摘遍了，用来传达相思之情。朱槿花开的时候，一两枝杜鹃花也开了。

荷花将要绽出金色的莲心，粉红的花瓣已经凋落一半。夜晚下起了蒙蒙细雨。等待着空荡荡的房梁上那旧时的燕子飞回来。

# 长生乐·玉露金风月正圆

  玉露金风[1]月正圆,台榭早凉天。画堂嘉会,组绣[2]列芳筵。洞府星辰龟鹤,来添福寿。欢声喜色,同入金炉泛浓烟。

  清歌妙舞,急管繁弦。榴花满酌觥船[3]。人尽祝、富贵又长年。莫教红日西晚,留着醉神仙。

◇注释

  [1]玉露金风:有白露,刮西风的天气。此处指秋天。

  [2]组绣:华丽的刺绣织品。此处指身着华服的宾客。

  [3]觥船:底平而大的酒杯。

◇译文

  秋天的白露降落,有西风吹过,天空中的月亮正圆,亭台水榭早早生出秋天的凉意。华美的厅堂内正在举行宴会,身着华服的宾客们列坐在筵席间。神仙的神龟、仙鹤也来添福祝寿。人人欢声笑语,喜笑颜开,随着香炉里的烟气一同飘散。

　　清亮的歌声、曼妙的舞姿，还有丰富急促的管弦声。大杯小杯都斟满了榴花酒。人人都来祝贺富贵长寿。不要让夕阳西下，还是留下来开怀畅饮，快乐似神仙吧。

# 长生乐·阆苑神仙平地见

阆苑神仙平地见，碧海架蓬瀛。洞门相向，倚金铺[1]微明。处处天花撩乱，飘散歌声。装真筵寿，赐与流霞满瑶觥。

红鸾翠节，紫凤银笙。玉女双来近彩云。随步朝夕拜三清。为传王母金篆[2]，祝千岁长生。

◇注释

[1] 金铺：钉在门上的兽面形的门环底座。代指华美的门户。

[2] 王母金篆：王母娘娘的诏书。此处借指太后懿旨。篆，古代帝王自称上天赐予的符命文书。

◇译文

居住在阆苑的神仙降临人间，碧蓝的海面架起沟通蓬莱瀛洲的桥梁。仙山的洞门大开，门上的铜环纽发出微微亮光。到处都是天花飘散、歌声缭绕。挂上您的画像，摆上祝寿的筵席，赏赐的美酒斟满了酒杯。

红色的鸾鸟飞来，仪仗里有翠鸟羽毛装饰的符节，紫色的凤凰飞来，侍从们吹奏着银笙。仙女们成双成对地踏着彩云而来。早晚都可以随意去拜见三清观的三位天尊。她们为王母娘娘传来诏书，祝愿您长命千年。

## 滴滴金·梅花漏泄春消息

梅花漏泄春消息。柳丝长,草芽碧。不觉星霜[1]鬓边白。念时光堪惜。兰堂[2]把酒留嘉客。对离筵,驻行色。千里音尘便疏隔。合有[3]人相忆。

◇注释

[1] 星霜:指头发花白。

[2] 兰堂:芳洁高雅的厅堂。

[3] 合有:应该有。

◇译文

梅花开放,早早漏泄了春天的消息,柳树发芽,小草碧绿。不知不觉中,两鬓已经花白。心中想着要珍惜时间啊。

芳洁高雅的厅堂内,把酒挽留尊贵的客人。面对着饯行的筵席,想要时间停留在这离行前的时刻。一旦分离便相隔千里没有音信。应该有人会常常思念你啊。

# 点绛唇·露下风高

露下风高,井梧宫簟[1]生秋意。画堂筵启。一曲呈珠缀[2]。

天外行云,欲去凝香袂。炉烟起。断肠声里。敛尽双蛾翠。

◇注释

[1] 宫簟(diàn):制作精美的竹席。

[2] 珠缀:连缀成串的珠子,形容歌声圆润悠扬。

◇译文

傍晚风吹起,天井边的梧桐树叶飘落在竹席上,感到一丝凉凉的秋意。华丽的殿堂里酒宴刚刚开席。她高歌一曲,歌声像连缀成串的珠子般圆润。

天空中的行云,也想要凝结在她散发着香气的衣袖上。香炉中的烟缓缓升起。在这悲伤的歌声里,她紧皱着那一双翠眉。

# 蝶恋花·一霎秋风惊画扇

　　一霎秋风惊画扇。艳粉娇红，尚拆荷花面。草际露垂虫响遍。珠帘不下留归燕。

　　扫掠[1]亭台开小院。四坐清欢，莫放金杯浅。龟鹤命长松寿远。《阳春》[2]一曲情千万。

◇注释

　　[1]扫掠：打扫。

　　[2]《阳春》：古曲名，代指高雅的音乐。

◇译文

　　一阵秋风吹来，惊落了手中的画扇。刚刚绽放的荷花，娇艳而美丽。草丛中露珠滴落，到处响彻着虫鸣声。燕子从卷起的门帘中飞过。

　　打扫庭院亭台，开筵祝寿。筵席上都是清雅的音乐，不要让酒杯空置。祝愿您像龟鹤与松柏一样长寿。这高雅的《阳春》曲饱含千万种情意。

# 蝶恋花·紫菊初生朱槿坠

紫菊初生朱槿坠。月好风清,渐有中秋意。更漏[1]乍长天似水。银屏[2]展尽遥山翠。

绣幕[3]卷波香引穗。急管繁弦,共庆人间瑞。满酌玉杯萦舞袂。南春祝寿千千岁。

◇注释

[1] 更漏:古代的计时器。以滴漏计时,凭漏刻传更,故名。

[2] 银屏:镶嵌有云母等物的屏风,因其洁白如银,故称银屏。

[3] 绣幕:有精美刺绣的帷幕。

◇译文

紫色的菊花刚刚绽放,红色的朱槿花凋落了。月朗风清,渐渐有中秋的凉意了。更长漏久,夜晚变得突然长了起来,天凉如水。画堂的屏风上的山峦尽显翠色。

精美的帷幕上丝线结成的穗子,引发出稻麦成熟时的阵阵香气。管弦演奏的音乐声丰富而急促,一同欢庆这人间的喜事。将酒杯斟满,舞动着衣袖。祝愿您寿比南山千千岁。

## 蝶恋花·帘幕风轻双语燕

帘幕风轻双语燕。午醉醒来,柳絮飞撩乱。心事一春犹未见。馀花落尽青苔院。

百尺朱楼[1]闲倚遍。薄雨浓云,抵死[2]遮人面。消息未知归早晚。斜阳只送平波远。

◇注释

[1] 朱楼:即红楼。指富家女子的住处。

[2] 抵死:始终,总是。

◇译文

微风吹拂,帘幕摆动,两只燕子在轻语呢喃。中午酒醉后醒来,柳絮随风纷飞缭乱。心中思念的人啊,过了整整一个春天也没能见到。晚开的花儿也已经落满了长着青苔的庭院。

在百尺高的红楼上,将所有的栏杆倚遍。只是那蒙蒙细雨和浓浓的云层,总是将我的视线遮挡。还不知道早晚归来的消息。只能望着斜阳映照着的水面,随波流向远方。

# 蝶恋花·玉椀[1]冰寒消暑气

玉椀冰寒消暑气。碧簟纱厨,向午朦胧睡。莺舌惺松[2]如会意。无端画扇惊飞起。

雨后初凉生水际。人面荷花,的的[3]遥相似。眼看红芳犹抱蕊。丛中已结新莲子。

◇注释

[1]玉椀(wǎn):玉制的食具,亦泛指精美的碗。此处指盛放冰块的器皿。椀,同"碗"。

[2]惺松:形容声音轻快。

[3]的的:鲜明亮丽的样子。

◇译文

玉碗里的冰块十分寒冷,消去了炎炎夏日的暑气。床上笼罩轻纱帐,躺在碧绿的席子上,在午间蒙眬地睡去。黄莺轻快地鸣啼好像能听懂人的意思。

不知什么缘故,看见我轻摇画扇竟受到惊吓飞走了。

一场雨后,水边微微生起凉意。美人的面庞远远地看去就像荷花一样鲜明亮丽。眼看着荷花还抱着花蕊。荷花丛中有的已经结了新莲子。

## 蝶恋花·梨叶疏红蝉韵歇

梨叶疏红蝉韵歇。银汉[1]风高,玉管声凄切。枕簟乍凉铜漏咽。谁教社燕[2]轻离别。

草际蛩[3]吟珠露结。宿酒醒来,不记归时节。多少衷肠犹未说。朱帘一夜朦胧月。

◇注释

[1] 银汉:银河。此处指天空。

[2] 社燕:即燕子。燕子春社时飞来,秋社时飞去,故称"社燕"。

[3] 蛩:指蟋蟀。

◇译文

梨树的叶子开始变红凋落,蝉鸣声也已经停歇。天空辽阔,秋风萧瑟,玉管吹奏的声音显得很凄切。枕席突然变凉,铜漏滴水的声音也变得低沉起来。谁让燕子就那样轻易地飞去了。

草丛中的蟋蟀还在吟唱，露珠凝结在草上。我从宿醉中醒来，已经不记得是什么时候回去的了。心中多少情意还没有诉说。红色的帘子外一轮朦胧的月亮高高悬挂。

# 蝶恋花·南雁依稀回侧阵

南雁依稀回侧阵。雪霁墙阴[1]，偏觉兰芽嫩。中夜梦馀消酒困。炉香卷穗灯生晕。

急景[2]流年都一瞬。往事前欢，未免萦方寸。腊后花期知渐近。寒梅已作东风信。

◇注释

[1] 雪霁：雪后放晴。墙阴：墙角的阴暗处。

[2] 急景：急促的时光。

◇译文

南归的大雁渐渐飞回来了。雪后放晴，在墙角的阴暗处发现兰草发出了嫩芽。半夜梦醒后，消解了醉酒的困意。香炉散发出香气，灯盏的光晕轻轻摇晃。

时光匆匆一瞬间。从前种种快乐的事，不免萦绕心头。腊月过了就知道花开的季节渐渐近了。寒冬盛放的梅花就是春风的信使啊。

# 凤衔杯·青蘋昨夜秋风起

青蘋昨夜秋风起。无限个、露莲相倚。独凭朱阑、愁望晴天际。空目断[1]、遥山翠。

彩笺长，锦书[2]细。谁信道、两情难寄。可惜良辰好景、欢娱地。只恁[3]空憔悴。

◇注释

[1] 目断：即"望断"，向远处望，一直到视线看不到的地方。

[2] 锦书：指妻子写给丈夫的书信。

[3] 恁（nèn）：如此，这般。

◇译文

昨日夜间秋风乍起，吹起了一池的青蘋。满池沾着露珠的莲花相互挨挨挤挤。我独自抚摸着栏杆，忧愁地遥望朗朗天空。极目眺望，远处的山峦青翠。

彩色的书笺很长很长,妻子寄给我的书信写得那般细致。谁能够料想,书信也无法寄托我们两人的情意。只可惜就算在美好的时间遇到美好的景色、身处欢乐的地方,我也只能空自憔悴。

# 凤衔杯·留花不住怨花飞

留花不住怨花飞。向南园、情绪依依。可惜倒红斜白、一枝枝。经宿雨、又离披[1]。

凭朱槛,把金卮[2]。对芳丛、惆怅多时。何况旧欢新恨、阻心期。空满眼、是相思。

◇注释

[1] 离披:分散下垂,纷纷下落。

[2] 金卮(zhī):金制酒器。酒杯的美称。

◇译文

想要留住花儿却留不住,埋怨花儿飞落。看向南园,心中生起依依不舍的情绪。可惜那些枝叶倾斜的红花、白花,一枝又一枝。在经历了一夜的雨淋后,又衰落凋零。

抚摸着朱红的栏杆,手持酒杯。面对着花丛,心中久久地惆怅。更何况又想起曾经的欢乐和如今的遗憾,心中的期盼受到阻拦。空剩下满眼的相思意。

# 凤衔杯·柳条花颣恼青春

柳条花颣恼青春[1]。更那堪、飞絮纷纷。一曲细丝清脆、倚朱唇。斟绿酒[2]、掩红巾。

追往事,惜芳辰。暂时间、留住行云。端的自家心下、眼中人。到处里、觉尖新[3]。

◇注释

[1] 花颣(lèi):花蕾。颣,丝上的结。恼:撩拨,引逗。青春:春天。

[2] 绿酒:新酿造的美酒。

[3] 尖新:新颖,别致。

◇译文

柔软多姿的柳条,含苞待放的花蕾,撩人的春天来了。更不要说那纷纷扬扬的飞絮了。她轻启红唇,吹奏了一曲清脆的乐曲。斟满美酒,用红色的丝巾掩笑。

追忆往事,珍惜美好的时光。多想能够让时间暂停,留住那行云。她正是我的心上人、眼中人啊。无论看哪里,都觉得新颖别致。

## 拂霓裳·庆生辰

庆生辰。庆生辰是百千春。开雅宴,画堂高会有诸亲。钿函封大国[1],玉色受丝纶。感皇恩。望九重、天上拜尧云。

今朝祝寿,祝寿数,比松椿[2]。斟美酒,至心如对月中人。一声檀板动,一炷蕙香焚。祷仙真[3]。愿年年今日、喜长新。

◇注释

[1] 钿函:用金银等镶制的诏书。封大国:赐封国夫人。

[2] 松椿:指高龄,长寿。椿,传说中的树名。《列子·汤问》:"上古有大椿者,以八千岁为春,八千岁为秋。"

[3] 仙真:仙人。此处指寿主。

◇译文

庆祝生日。祝愿长命百岁。摆开雅致的酒宴,在华美的厅堂内宴请各位亲友。皇帝的诏书赐封您为荣国夫人,面色庄严地接受了诏书。感谢皇恩浩荡。

望向九重天,向天子所在的方向拜谢恩典。

今天为您祝寿,祝愿您像南山的不老松、上古的大椿树一样长寿。斟满美酒,饱含对您的真诚之情。敲响檀板,焚烧蕙香。为您祝愿。祝愿您年年有今日,岁岁常欢喜。

## 拂霓裳·喜秋成

喜秋成。见千门万户乐升平。金风[1]细,玉池波浪縠文[2]生。宿露沾罗幕,微凉入画屏。张绮宴,傍熏炉蕙炷、和新声。

神仙雅会,会此日,象蓬瀛。管弦清,旋翻红袖学飞琼[3]。光阴无暂住,欢醉有闲情。祝辰星。愿百千为寿、献瑶觥。

◇注释

[1] 金风:即秋风,西风。

[2] 縠(hú)文:即"縠纹",比喻水的波纹。

[3] 飞琼:传说中的仙女,为西王母的侍女。

◇译文

为秋天的收成而欢喜。看到千家万户都是欢乐太平的景象。秋风微拂,仙池中生起一层层波纹。夜晚的露水沾湿了罗幕,微微凉意侵入华美的屏风。张设盛大的宴席,熏炉中燃着蕙香,厅堂上演唱着新谱的乐曲。

今日的聚会如神仙聚会一般雅致，仿佛身处蓬莱仙岛上。管弦清亮，舞女们的红袖翻飞，就像天上的仙女一样。时光匆匆，无法暂停，还是欢快畅饮享受这闲情逸致吧。祝贺寿星。举起酒杯，祝愿您长命百岁。

# 拂霓裳·乐秋天

　　乐秋天。晚荷花缀露珠圆。风日好,数行新雁[1]贴寒烟。银簧调脆管[2],琼柱拨清弦。捧觥船。一声声、齐唱太平年。

　　人生百岁,离别易,会逢难。无事日,剩呼[3]宾友启芳筵。星霜催绿鬓,风露损朱颜。惜清欢。又何妨、沉醉玉尊前。

◇注释

　　[1]新雁:指刚从北方飞来的大雁。

　　[2]银簧:银制的簧片。脆管:声音清脆的笛子。

　　[3]剩呼:尽情地招呼。

◇译文

　　秋天令人快乐。傍晚的荷花上缀着圆圆的露珠。今天天气晴好,几排刚从北方飞来的大雁贴着寒冷的烟雾从空中飞过。用银制的簧片调节笛子的声音,拨弄琴弦发出清亮的声音。手捧酒杯。众人一声盖过一声,一起歌唱太平盛世。

  人的一生不过百年，分别容易，再次相逢很难。在闲暇的日子，尽情地招呼宾客友人来参加筵席。两鬓日渐花白，美好的容颜日渐衰老。珍惜清雅的欢乐。尽情酣醉于此，又何必有所顾虑啊。

# 更漏子·蕣华[1]浓

蕣华浓,山翠浅。一寸秋波如剪。红日永,绮筵开。暗随仙驭[2]来。遏云[3]声,回雪袖[4]。占断晓莺春柳。才送目,又颦眉。此情谁得知。

◇注释

[1] 蕣(shùn)华:指木槿花,为朝开暮落之花。比喻女子的容颜、青春易逝。华,同"花"。

[2] 仙驭:仙人或帝王的座驾,亦泛指贵人的车骑,此处指侍女。

[3] 遏(è)云:语本《列子·汤问》:"薛谭学讴于秦青,未穷青之技,自谓尽之,遂辞归。秦青弗止,饯于郊衢,抚节悲歌,声振林木,响遏行云。薛谭乃谢求反,终身不敢言归。"后因以"遏云"形容歌声嘹亮优美。遏,阻止。

[4] 回雪袖:形容舞姿轻盈,如雪花飘舞。

◇译文

面容如木槿花一样娇艳,眉黛淡如远山。眼含秋波明亮清澈。太阳永不落下，这盛大的筵席就一直开着。他悄然随着侍女来到筵席。

　　美妙的歌声让行云都停止了，轻盈的舞姿像雪花飘舞。连春天的黄莺和柳枝都逊色了。她才刚刚目送秋波，又眉头紧蹙。这其中的情意又有谁能够知道呢。

# 更漏子·塞鸿[1]高

塞鸿高，仙露[2]满。秋入银河清浅。逢好客，且开眉。盛年能几时。宝筝调，罗袖软。拍碎画堂檀板。须尽醉，莫推辞。人生多别离。

◇注释

[1]塞鸿：边塞飞来的鸿雁。

[2]仙露：露水的美称。汉代宫殿有铜铸仙人像托举盘子承接天上降下的露水，因传以露水和玉屑服之，可以成仙。故称"仙露"。

◇译文

边塞飞来的鸿雁高高飞过，仙露已经接满。秋天来了，星河更加清浅。恰逢主人好客，姑且开怀大笑吧。这样的壮年又能有多久。

歌女们调弦弹筝，伴随着曲调轻舞衣袖。画堂里的檀板都快拍碎了。一定要尽情酣醉，不要推辞。人生总有分别，珍惜眼前的相聚吧。

# 更漏子·雪藏[1]梅

雪藏梅，烟[2]着柳。依约上春时候。初送雁，欲闻莺。绿池波浪生。探花开[3]，留客醉。忆得去年情味。金盏酒，玉炉香。任他红日长。

◇注释

[1] 藏：掩盖，覆盖。

[2] 烟：春日阳气发生，林泽上升的雾气叫烟。

[3] 探花开：唐代制度，新科进士于曲江杏园举行宴会，称探花宴。以少俊进士二人为探花使（探花郎），遍游名园，采取名花，为宴会增彩助兴。此处指初春举行的宴会。

◇译文

积雪覆盖着梅花，春天的雾气附着在柳条上。隐隐约约是早春时节了。刚刚送走南飞的大雁，就听闻黄莺的啼叫。碧绿的池水泛起层层波浪。

回忆起去年初春举行的宴会，我们挽留宾客饮酒至酣醉。那时的情景历历在目，值得回味。将金杯斟满美酒，玉炉中飘散着香气。任由那红日长久地照耀吧。

# 更漏子·菊花残

菊花残,梨叶堕。可惜良辰虚过。新酒熟,绮筵开。不辞红玉杯。

蜀弦[1]高,羌管[2]脆。慢飐[3]舞娥香袂。君莫笑,醉乡人。熙熙长似春。

◇ 注释

[1] 蜀弦:蜀地的蚕丝制作的琴弦,即蜀琴。

[2] 羌管:即羌笛,本出自古代羌族,音色清脆高亢。

[3] 飐(zhǎn):风吹物使颤动。

◇ 译文

菊花残败,梨树的叶子凋落。美好的时光陡然消逝令人惋惜。拿出刚酿造好的美酒,摆开精美的筵席。举起酒杯,不要推辞。

蜀琴的声音高昂,羌笛的音色清脆。舞女们慢慢舞动着散发香气的衣袖。你可不要笑话那喝醉酒的人啊。这一片和乐的景象好像陶醉在春天的温暖里一样。

# 撼庭秋·别来音信千里

别来音信千里。怅此情难寄。碧纱[1]秋月,梧桐夜雨,几回无寐。

楼高目断,天遥云黯,只堪憔悴。念兰堂红烛,心长焰短[2],向人垂泪。

◇注释

[1] 碧纱:绿纱编制的蚊帐。

[2] 心长焰短:灯芯长,火焰短。比喻心有余而力不足。

◇译文

分别后相隔千里,音信全无。只恨这思念之情难以寄托。秋天的月光照耀在碧绿的纱帐上,夜晚雨水打在梧桐树上,多少次夜里无法入眠。

登上高楼,极目眺望,天空辽阔,乌云密布,让人更加憔悴。芳洁高雅的厅堂内燃着红烛,灯芯虽长,火焰却短,犹如对人垂落着相思泪。

# 红窗听·淡薄梳妆轻结束[1]

淡薄梳妆轻结束。天意与、脸红眉绿。断环书素传情久[2],许双飞同宿。一饷无端分比目[3]。谁知道、风前月底,相看未足。此心终拟,觅鸾弦重续[4]。

◇注释

[1] 结束：装束，装扮。

[2] 断环：将玉环断成两半，男女各执一半，作为定情信物。书素：书信。

[3] 分比目：比喻男女分离。比目，即比目鱼。因其"不比不行"，人们常常用来比喻情爱深挚的夫妻、情人。

[4] 鸾弦重续：比喻男女重修旧好，再续前缘。鸾弦，传说中鸾鸟可以吐出鸾胶，重续断了的琴弦。

◇译文

她梳妆淡雅，装束轻便。天生红润面庞和浓黑眉毛。她与定情的爱人传信很久,还许下诺言要双宿双飞。

不久却无缘无故分手了。谁又会知道,那花前月下的景色,还没有看够就分离了。心中还始终思念着,想要寻找鸾鸟帮自己重续旧情。

# 红窗听·记得香闺临别语

记得香闺临别语。彼此有、万重心诉。淡云轻霭知多少,隔桃源[1]无处。梦觉相思天欲曙。依前是、银屏画烛,宵长岁暮。此时何计,托鸳鸯[2]飞去。

◇注释

[1] 桃源:此处指男女约会的地方。

[2] 鸳鸯:一种水鸟,雌雄常在一起。古人用鸳鸯比喻夫妻。

◇译文

还记得在闺房分别时的话语。彼此之间有千万种心事想要诉说。不知道有多少云层雾霭,阻隔了我们约会的地方。

从梦中醒来,才发觉相思是梦,天都快亮了。屋内还像从前一样,摆着银色的屏风、雕花的红烛,长夜漫漫,又到了年末。这个时候还有什么办法,只能将相思寄托于飞去的鸳鸯。

# 胡捣练·小桃花与早梅花

小桃花与早梅花,尽是芳妍品格。未上东风先拆。分付[1]春消息。佳人钗上玉尊前,朵朵秾[2]香堪惜。谁把彩毫描得。免恁轻抛掷。

◇注释

[1] 分付：付与，交给。此处指带来。

[2] 秾（nóng）：（花木）繁盛。

◇译文

小桃花和早梅花，都有着芳香美丽的品格。在春风还没有来临时就提前绽放了。向人们传递春天的消息。

别在美人的发钗上或者摆放在酒席的宴前，一朵朵散发着浓香，十分值得怜惜。谁能拿彩色的画笔将它描绘下来。免得就这样轻易被人们抛弃。

# 浣溪沙·阆苑瑶台风露秋

阆苑瑶台风露秋。整鬟[1]凝思捧觥筹。欲归临别强迟留。

月好谩成[2]孤枕梦,酒阑[3]空得两眉愁。此时情绪悔风流。

◇注释

[1] 整鬟:整理发髻。

[2] 谩(màn)成:徒成,空成。

[3] 酒阑:指酒宴即将结束。阑,将尽。

◇译文

秋风吹过阆苑的瑶台,夜晚结了露珠。整理好发髻,捧着酒杯凝神思索。知道你要归去,但临到分别时,想要挽留你却来不及了。

今夜月光美好,却成了我一个人孤枕上的梦,酒筵结束,众人散去,只空留我一人愁眉不展。只后悔自己不该如此多情。

# 浣溪沙·三月和风满上林

三月和风满上林[1]。牡丹妖艳直千金。恼人天气又春阴。

为我转回红脸面,向谁分付紫檀心[2]。有情须殢[3]酒杯深。

◇注释

[1] 上林:即上林苑。原为汉武帝在秦代旧苑址上扩建的宫苑,是帝王游玩、打猎的风景园林。此处指宋朝时的皇家园林。

[2] 紫檀心:即芳心。

[3] 殢(tì):滞留,沉湎。

◇译文

三月的春风吹满皇家园林。牡丹花妖艳无比,可值千两黄金。令人气恼的是这天气,突然又转阴了。

花儿为我转过红艳艳的面庞,又向谁托付了自己的芳心呢。若是有情意,就沉湎在这美酒中吧。

## 浣溪沙·青杏园林煮酒香

青杏园林煮酒香。佳人初试薄罗裳。柳丝无力燕飞忙。

乍[1]雨乍晴花自落,闲愁闲闷日偏长。为谁消瘦减容光[2]。

◇注释

[1] 乍:忽然。

[2] 容光:仪容风采。

◇译文

在青杏园林中煮酒,香气弥散。美人开始换上了轻薄的衣裳。杨柳枝条在风中飘拂,燕子飞来飞去。

天气突然下雨又突然晴朗,花儿悄悄凋落,心中生出了愁闷,奈何白天还这样漫长。为了谁日渐消瘦容颜憔悴。

## 浣溪沙·一曲新词[1]酒一杯

一曲新词酒一杯。去年天气旧亭台。夕阳西下几时回。

无可奈何花落去，似曾相识燕归来。小园香径[2]独徘徊。

◇注释

[1] 新词：指刚刚填好的词。

[2] 香径：弥漫着花香的小路。

◇译文

填一曲词作，饮一杯美酒。此时的天气和亭台楼阁都和去年的一样。夕阳西下，什么时候再回来呢。

眼看着繁花凋落却没有办法，飞回的燕子好像曾经相识。我独自在小园的花径上漫步。

# 浣溪沙·红蓼花香夹岸稠 [1]

红蓼花香夹岸稠。绿波春水向东流。小船轻舫好追游。

渔父酒醒重拨棹,鸳鸯飞去却[2]回头。一杯销尽两眉愁。

◇注释

[1] 红蓼(liǎo):一年生草本植物,开淡红色或白色花,多生长在水边湿地。稠:多,密。

[2] 却:还,再。

◇译文

红蓼花香气弥漫,开满了两岸。一江春水泛着碧绿的波涛,向东流去。我们乘坐着轻快的小船相互追赶嬉戏。

渔父酒醒后,重新拨弄着船桨,鸳鸯受惊飞去又回头张望。喝了这杯美酒,消解心中忧愁。

## 浣溪沙·淡淡梳妆薄薄衣

淡淡梳妆薄薄衣。天仙模样好容仪。旧欢前事入颦眉[1]。闲役[2]梦魂孤烛暗,恨无消息画帘垂。且留双泪说相思。

◇注释

[1] 颦眉:紧皱的眉头。

[2] 役:役使,驱使。

◇译文

化了淡淡的妆容,穿着薄薄的轻纱衣裳。像天仙一样的美好容颜与优雅仪态。以往的欢乐之事涌上心头,不禁愁眉紧锁。

屋子里燃着一根蜡烛,灯光昏暗,梦中驱使魂魄找寻了好多次,埋怨一直没有他的消息,只留下画帘低垂。姑且用眼泪诉说相思之苦吧。

# 浣溪沙·小阁重帘有燕过

小阁重帘有燕过。晚花红片落庭莎[1]。曲阑干影入凉波。一霎好风生翠幕[2],几回疏雨滴圆荷。酒醒人散得愁多。

◇注释

[1] 晚花:春日晚间的花。红片:落花的花瓣。莎(suō):莎草。又名香附子,多年生草本植物,多生长在潮湿处或沼泽地。

[2] 翠幕:翠绿的帷幕。此处指苍翠浓荫的林木。

◇译文

楼阁上,重重帘幕,有燕子穿帘而过。春日晚间的落花飘落在庭院的莎草上。曲折的栏杆,倒映在清凉的碧波中。

忽然一阵风吹过苍翠浓荫的林木,几点稀稀疏疏的雨水滴落在圆圆的荷叶上。酒醒后,人已散,更添了几多愁绪。

## 浣溪沙·宿酒才醒厌玉卮 [1]

宿酒才醒厌玉卮。水沉[2]香冷懒熏衣。早梅先绽日边枝[3]。寒雪寂寥初散后,春风悠扬欲来时。小屏闲放画帘垂。

◇注释

[1] 玉卮:玉制的盛酒器皿。此处代指美酒。

[2] 水沉:即沉香。木名,古人用沉香制作熏香。

[3] 日边枝:南边向阳的树枝。

◇译文

宿醉才刚刚醒来,已经不想再喝酒了。沉香已经变冷,懒得去熏香衣服。南边向阳的枝头上,早梅已经先绽放了。

寒冷寂寥的冰雪刚刚融化后,春风悠悠扬扬地吹来。小小的屏风闲放着,画帘低垂。

## 浣溪沙·绿叶红花媚晓烟

绿叶红花媚晓烟。黄蜂金蕊欲披莲[1]。水风深处懒回船。

可惜异香珠箔外，不辞清唱玉尊前。使星[2]归觐九重天。

◇注释

[1] 欲披莲：含苞待放的莲花。披，开，绽放。

[2] 使星：使者。古时认为天节八星主使臣事，因称帝王的使者为"使星"或"星使"。

◇译文

红花绿叶，在烟雾中显得十分娇媚。黄蜂飞舞，金色花蕊的莲花将要绽放。乘船顺风到水深处去，迟迟不愿回到岸上。

特异的香气从珠帘外飘来，美人并不推辞，大方地在酒宴上清唱歌曲。使者也要回到朝廷去觐见君王了。

## 浣溪沙·湖上西风急暮蝉

湖上西风急暮蝉。夜来清露湿红莲。少留[1]归骑促歌筵。

为别[2]莫辞金盏酒,入朝须近玉炉[3]烟。不知重会是何年。

◇注释

[1] 少留:短暂停留。

[2] 为别:分别。

[3] 玉炉:指皇室的香炉。此处代指朝廷。

◇译文

西风吹过湖面,蝉鸣叫得更急促了,夜晚的露珠打湿了红色的莲花。归人匆匆,短暂停留后,又仓促地去赴宴了。

即将分别就不要推辞这杯中的美酒了,进入朝廷做官要多多接触皇帝才能平步青云。不知道哪一年才能与你再次相会。

# 浣溪沙·杨柳阴中驻彩旌 [1]

杨柳阴中驻彩旌。芰荷[2]香里劝金觥。小词流入管弦声。
只有醉吟宽别恨,不须朝暮促归程。雨条烟叶[3]系人情。

◇注释

[1] 彩旌:彩色的旗子。此处代指车辆。

[2] 芰(jì)荷:菱角花与荷花。

[3] 雨条烟叶:像雨丝一样的枝条,如烟雾般密的叶子。此处指杨柳的枝叶。

◇译文

杨柳的树荫下停驻着车辆。在菱角花与荷花的香气缭绕中共饮美酒。伴随管弦的音乐声,歌唱小令。

只有喝醉之后的吟唱,才能宽慰这离别的忧愁,不要早晚催促着踏上归程。烟雨中杨柳依依牵动着离人的心情。

# 浣溪沙·一向[1]年光有限身

一向年光有限身。等闲离别易销魂。酒筵歌席莫辞频[2]。满目山河空念远,落花风雨更伤春。不如怜取眼前人[3]。

◇注释

[1] 一向:即"一晌",此处指时光短暂。

[2] 莫辞频:不要频频推辞。频,屡次。

[3] 怜取眼前人:此处化用了元稹小说《会真记》中崔莺莺的诗句:"还将旧来意,怜取眼前人。"怜,怜爱。取,语助词。

◇译文

时光短暂,生命有限。哪怕是平常的离别也容易让人极度悲伤。你就不要频频推辞这酒席歌会了。

望着这满眼的山川河流,空自思念远方的亲友,看见风雨中凋落的花儿,就更加感伤春光易逝了。不如好好怜爱眼前的人吧。

## 浣溪沙·玉椀冰寒滴露华

玉椀冰寒滴露华。粉融[1]香雪透轻纱。晚来妆面胜荷花。

鬓軃[2]欲迎眉际月[3]，酒红初上脸边霞。一场春梦日西斜。

◇注释

[1] 粉融：脂粉与汗水融合。

[2] 軃（duǒ）：下垂貌。

[3] 眉际月：古代的一种妆容。在两眉之间贴黄色的圆月形脂粉。

◇译文

　　玉碗中盛放着寒冷的冰块，碗边凝结的水珠滴落。脂粉与汗水融合，美人香雪般的肌肤透过轻纱。到了晚上，妆容更加好看，娇艳胜过那荷花。

　　鬓发下垂，与双眉之间的眉际月相辉映，喝过酒后的脸庞红润得像天边的云霞。一觉醒来，太阳已经西下，原来是一场春梦啊。

# 酒泉子·三月暖风

三月暖风，开却好花无限[1]了，当年丛下落纷纷。最愁人。
长安多少利名身[2]。若有一杯香桂酒，莫辞花下醉芳茵。且留春。

◇注释

[1] 无限：无数。指花开得繁盛。

[2] 长安：唐代的都城。此处借指宋朝的都城汴京，今开封。利名身：指追逐名利的人。

◇译文

早春三月的风是温暖的，无数的花儿都开放了，但总是免不了纷纷凋零的命运。这是最令人忧愁的了。

都城内有众多追逐名利的人。如果有一杯香桂酒，就不要推辞在这繁花草丛中酣醉了。姑且珍惜这美好的春光吧。

# 酒泉子·春色初来

春色初来,遍拆红芳千万树,流莺粉蝶斗翻飞。恋香枝。

劝君莫惜缕金衣[1]。把酒看花须强饮,明朝后日渐离披。惜芳时。

◇注释

[1] 劝君莫惜缕金衣:唐代杜秋娘《金缕衣》:"劝君莫惜金缕衣,劝君惜取少年时。花开堪折直须折,莫待无花空折枝。"缕金衣,即金缕衣,缀有金丝线的衣服。比喻荣华富贵。

◇译文

春天刚刚到来,千树万树都开遍了鲜艳的花朵,黄莺歌声流啭,成群的蝴蝶上下翻飞。留恋在芳香的枝头。

我劝诫你不要太爱惜这华贵的金缕衣了。把酒赏花,一定要尽情畅饮,说不定明天这些花儿都渐渐凋落了。珍惜这短暂的花期吧。

# 临江仙·资善堂[1]中三十载

资善堂中三十载,旧人多是凋零[2]。与君相见最伤情。一尊如旧,聊且话平生。

此别要知须强饮,雪残风细长亭。待君归觐九重城。帝宸[3]思旧,朝夕奉皇明[4]。

◇注释

[1] 资善堂:宋代皇太子就学的地方。

[2] 凋零:此处指去世。

[3] 帝宸:帝王的居所。此处代指帝王。

[4] 皇明:对皇帝的谀辞,亦即圣明的皇帝。

◇译文

离开资善堂已经有三十年了,故友们大多也都去世了。与你的相见最让人感伤。斟一杯美酒，我们和从前一样，姑且聊一聊平生的经历。

这次离别一定要喝下这杯酒，残雪寒风中，我们在长亭细细话别。等到你回到朝廷中觐见皇帝。皇帝念旧，一定会让你早晚侍奉在他的身边。

# 连理枝·玉宇[1]秋风至

玉宇秋风至。帘幕生凉气。朱槿犹开,红莲尚拆,芙蓉含蕊。送旧巢归燕、拂高檐,见梧桐叶坠。

嘉宴凌晨启。金鸭[2]飘香细。凤竹鸾丝[3],清歌妙舞,尽呈游艺。愿百千遐寿[4]、比神仙,有年年岁岁。

◇注释

[1]玉宇:天空的美称。

[2]金鸭:此处指金鸭形状的香炉。

[3]凤竹鸾丝:指美妙的音乐。凤竹,指笙箫之类的管乐器。鸾丝,指琴瑟等弦乐器。

[4]遐寿:长寿。

◇译文

天空中秋风吹来。帘幕生出微微凉意。朱槿花还开放着,红色的莲花也在开放，芙蓉花含苞欲放。送南归的燕子，飞过高高的屋檐，就看见梧桐树的叶子飘落。

  盛大的酒宴在凌晨就摆开了。金鸭形状的香炉飘出缕缕香气。各种乐器交相演奏，清亮的歌声，曼妙的舞姿，尽情呈现各种才艺。祝愿您长寿似神仙，年年岁岁有今朝。

# 连理枝·绿树莺声老[1]

绿树莺声老。金井生秋早。不寒不暖,裁衣按曲,天时正好。况兰堂逢着、寿筵开,见炉香缥缈。

组绣呈纤巧。歌舞夸妍妙。玉酒频倾,朱弦翠管,移宫易调[2]。献金杯重叠、祝长生,永逍遥奉道。

◇注释

[1] 老:指声音苍老。

[2] 移宫易调:犹移宫易羽。指演奏时变换音调。此处指音乐节奏变化丰富。移,改变。

◇译文

翠绿的树枝上黄莺的声音显得有些苍老。庭院的金井边早早生出了秋意。天气不冷不热、量体裁衣、击节唱曲,正是时候。更何况芳洁高雅的厅堂内,正摆开着祝寿的筵席,香炉飘散出缥缈的烟气。

身着华丽服饰的歌妓们翩翩起舞。无论是歌声还是舞姿，都是那么美妙出彩。玉壶中的美酒频频倾倒，各种乐器交相演奏，不同的曲调来回变换。共同举起酒杯，祝愿长寿，永远逍遥奉道。

# 木兰花·东风昨夜回梁苑 [1]

东风昨夜回梁苑。日脚依稀添一线[2]。旋开杨柳绿蛾眉,暗拆海棠红粉面。无情一去云中雁。有意归来梁上燕。有情无意且休论,莫向酒杯容易[3]散。

◇注释

[1]梁苑:又称"梁园",西汉梁孝王刘武所建的东苑,为规模宏大的皇家园林。此处指贵族的园林。

[2]日脚:从云缝中射下的日光。添一线:魏晋时,宫中以红线量日影,冬至后白天渐长,每日添长一线,叫"添线"。比喻冬至后白日渐长。

[3]容易:轻易。

◇译文

昨天晚上春风又吹回了园子。日影隐隐约约又添长了一线。舒展开的杨柳枝叶如同美人的蛾眉,悄悄绽放的海棠花如同美人娇羞粉嫩的面庞。

你无情地离去就像那飞去云端的大雁。还是那房梁上归来的燕子有情意。姑且不讨论是有情还是无意,千万不要让杯中的美酒轻易空了。

# 木兰花·帘旌浪卷金泥凤[1]

帘旌浪卷金泥凤。宿醉醒来长瞢松[2]。海棠开后晓寒轻,柳絮飞时春睡重。美酒一杯谁与共。往事旧欢时节动。不如怜取眼前人,免更劳魂兼役梦[3]。

◇注释

[1] 金泥凤:用金粉绘出的凤凰图案。

[2] 瞢(méng)松:形容刚睡醒迷迷糊糊的样子。

[3] 劳魂兼役梦:形容思念深切。

◇译文

绘着金凤凰的帘幕被风吹着如浪花卷动。宿醉醒来一直迷迷糊糊的。海棠花已经开了,才知道寒冷也减轻了,柳絮飞舞的时候,便容易春困。

斟一杯美酒有谁能与我共饮。以前的事和欢乐在此时更容易令人动容。不如珍惜眼前的人啊,免得让魂魄在梦中也劳累奔波。

# 木兰花·燕鸿[1]过后莺归去

燕鸿过后莺归去。细算浮生千万绪。长于春梦几多时，散似秋云无觅处。闻琴解佩神仙侣[2]。挽断罗衣留不住。劝君莫作独醒人，烂醉花间应有数。

◇注释

[1]燕鸿：燕为夏候鸟，鸿为冬候鸟。比喻相距很远，相见很难。

[2]闻琴：指司马相如"琴挑文君"之事。《史记·司马相如列传》载："是时卓王孙有女文君新寡，好音，故相如缪与令相重，而以琴心挑之。……既罢，相如乃使人重赐文君侍者通殷勤。文君夜亡奔相如，相如乃与驰归成都。"解佩：汉代刘向《列仙传·江妃二女》载："江妃二女者，不知何所人也。出游于江汉之湄，逢郑交甫。见而悦之，不知其神人也，谓其仆曰：'我欲下请其佩。'……遂手解佩与交甫。交甫悦，受而怀之中当心……"

◇译文

燕、鸿都飞走之后，黄莺也飞走了。仔细想来，人生真是千头万绪啊。

还能沉醉在春梦中多久呢,很快就像秋天的云一样散去,无法找寻。

闻琴解佩那样的神仙眷侣的传说令人羡慕。扯断了你的衣袖也留不住你。

劝诫你不要做那"世人皆醉我独醒"的人,就应该尽情畅饮,酣醉在这花丛间。

# 木兰花·池塘水绿风微暖

池塘水绿风微暖。记得玉真[1]初见面。重头歌韵响铮琮[2]，入破[3]舞腰红乱旋。

玉钩阑下香阶畔。醉后不知斜日晚。当时共我赏花人，点检[4]如今无一半。

◇注释

[1] 玉真：代指美人。

[2] 重头：词的上下片节拍完全相同的称重头，散曲中以一曲调重复填写多遍的亦称重头。铮琮：敲击金属与玉器的声音。形容声音清脆悦耳。

[3] 入破：唐宋大曲的专用语。大曲每套都有十余遍，归入散序、中序、破三大段。入破即为破这一段的第一遍。《新唐书·五行志二》载："至其曲遍繁声，皆谓之'入破'……破者，盖破碎云。"吴熊和《唐宋词通论·词调》载："中序多慢拍，入破以后则节奏加快，转为快拍。"

[4] 点检：查验，检查。

## ◇译文

池塘中的水波碧绿,温暖的春风轻轻吹拂。还记得初次看见美人的样子。歌声婉转,乐曲清脆,身着红裙的美人伴随着音乐的节奏加快了步伐,旋转飞舞。

玉砌的勾栏下,飘着花香的台阶旁。醉酒后全然不知道太阳已落,夜晚来临。当年和我一起赏花的人,细细数来,如今已没有当初的一半。

# 木兰花·玉楼朱阁横金锁

玉楼朱阁横金锁。寒食清明春欲破[1]。窗间斜月两眉愁,帘外落花双泪堕。朝云[2]聚散真无那。百岁相看[3]能几个。别来将为不牵情,万转千回思想过。

◇注释

[1] 破:残破,破败。此处指春天即将过去。

[2] 朝云:宋玉《高唐赋》序载,楚襄王与宋玉游于云梦之台,见高唐之上云气变化无穷。宋玉告诉襄王说,那就是朝云。并说了一个故事:"昔者先王尝游高唐,怠而昼寝,梦见一妇人曰:'妾,巫山之女也。为高唐之客。闻君游高唐,愿荐枕席。'王因幸之。去而辞曰:'妾在巫山之阳,高丘之阻,旦为朝云,暮为行雨。朝朝暮暮,阳台之下。'"后因以"云雨"比喻男女欢合。

[3] 相看:此处指相守。

◇译文

华美的楼阁上横着金锁。寒食节、清明节过后,春天也即将过去。窗外斜挂的弯月,如同美人紧锁的愁眉,门帘外落花纷纷如同美人垂泪。

欢爱别离都是无可奈何的事情。从古至今,一直能够相守一处的又有几个呢。离别之后,本以为心中不会被那些情事牵挂,没想到万转千回依然思念不已。

# 木兰花·朱帘半下香销印 [1]

朱帘半下香销印。二月东风催柳信。琵琶旁畔且寻思 [2],鹦鹉前头休借问 [3]。

惊鸿 [4] 去后生离恨。红日长时添酒困。未知心在阿谁边,满眼泪珠言不尽。

◇注释

[1] 香销印:香气消散。香印,给香料做造型的模具,又称作香篆、印香。

[2] 琵琶旁畔且寻思:此处化用了白居易《琵琶行》中的句子:"弦弦掩抑声声思,似诉平生不得志。低眉信手续续弹,说尽心中无限事。"

[3] 鹦鹉前头休借问:此处化用了朱庆馀《宫词》中的诗句:"含情欲说宫中事,鹦鹉前头不敢言。"

[4] 惊鸿:此处代指心上人。

◇译文

朱红色的帘幕半垂下来,香炉中的印香即将燃尽。二月的春风吹来,杨柳生发出嫩芽。弹奏着琵琶，心事重重却无法诉说，在鹦鹉的前头就不要询问了。

我的心上人离去以后，心中更生愁绪。在漫漫长日饮酒，更容易春困了。不知道她的心在谁的身边，满眼泪水，说不尽心中的愁思。

# 木兰花·杏梁归燕双回首

杏梁归燕双回首。黄蜀葵花开应候。画堂元是降生辰,玉盏更斟长命酒。

炉中百和添香兽[1]。帘外青蛾[2]回舞袖。此时红粉[3]感恩人,拜向月宫千岁寿。

◇注释

[1] 百和:即百和香。由多种香料和合而成的香。香兽:用炭屑匀和香料制成各种兽形的炭。

[2] 青蛾:青黛画的眉毛。此处代指美人。

[3] 红粉:指年轻貌美的女子。

◇译文

寄宿在杏梁上的燕子双双归来。黄蜀葵花开放得正是时候。华美的厅堂内生辰宴已经开启,玉制的酒杯中斟满了寿酒。

香炉快要燃尽,又添了些百和香。帘外的美人跳起优美的舞蹈。这个时候的红粉佳人,正在面向月宫拜祭,祝愿寿星长寿千岁。

# 木兰花·紫薇朱槿繁开后

紫薇朱槿繁开后。枕簟微凉生玉漏[1]。玳筵[2]初启日穿帘,檀板欲开香满袖。

红衫侍女频倾酒。龟鹤仙人来献寿。欢声喜气逐时新,青鬓玉颜长似旧。

◇注释

[1] 玉漏:计时用的玉制漏壶。

[2] 玳(dài)筵:即玳瑁筵。形容筵席丰盛华美。

◇译文

紫薇花朱槿花繁盛地开放后。玉漏在滴答计时,枕席开始透着微微凉意。丰盛华美的筵席刚刚开启,珠帘摇晃,宾客入席,音乐开始奏起,美人的衣袖充满了芬芳。

穿着红衣的侍女频频斟酒。骑着龟鹤的仙人前来献礼祝寿。时时有新的宾客过来,传来欢声笑语,喜气洋洋,祝愿你乌黑的头发、玉色的容颜永驻。

# 木兰花·春葱指甲轻拢捻

春葱[1]指甲轻拢捻。五彩条垂双袖卷。雪香[2]浓透紫檀槽,胡语急随红玉腕。

当头一曲情无限。入破铮琮金凤[3]战。百分芳酒祝长春,再拜敛容抬粉面。

◇注释

[1] 春葱:此处形容女子细嫩雪白的手指。

[2] 雪香:形容女子肌肤的香气。

[3] 金凤:此处指琵琶、琴、筝等乐器。

◇译文

美人细嫩雪白的手指轻轻弹奏。她卷起用五彩丝条装饰的衣袖。女子肌肤的香气浓烈,透过紫檀的木格子,红玉般的手腕弹拨出急促的琵琶声。

开头弹奏的一曲就蕴含着无限的情思。入破之后,乐声清脆婉转,各种乐器交相辉映。端起芳香的美酒,祝愿你青春永驻,收起笑容,再次拜见,你抬头露出粉嫩的面庞。

# 木兰花·红绦约束琼肌稳 [1]

红绦约束琼肌稳。拍碎香檀催急衮[2]。垅头呜咽水声繁[3],叶下间关莺语近[4]。

美人才子传芳信。明月清风伤别恨。未知何处有知音,长为此情言不尽。

◇注释

[1] 红绦:红色的丝带。约束:缠束,束缚。琼肌:形容女子像玉一样洁白的肌肤。稳:匀称。

[2] 急衮:乐曲节奏急促。

[3] 垅头呜咽水声繁:此处化用了古乐府《陇头歌》中的句子:"陇头流水,呜声幽咽。遥望秦川,心肝断绝。"垅头,即陇头。

[4] 叶下间关莺语近:此处化用了白居易《琵琶行》中的句子:"间关莺语花底滑,幽咽泉流冰下难。"间关,形容鸟鸣声婉转动听。

◇译文

红色的丝带缠束在美人身上,她的肌肤洁白如玉,身姿匀称。乐曲节奏急促，仿佛要将那香木做的檀板拍碎。乐曲声如同陇头流水般呜咽繁杂，又像树叶下婉转的黄莺啼鸣。

美人和才子互传书信。在这明月清风的好时节分别，难免会伤怀。不知道哪里有我的知音，一直想要诉说此情却总是说不尽。

# 破阵子·海上蟠桃易熟

海上蟠桃易熟，人间好月长圆。惟有擘钗分钿[1]侣，离别常多会面难。此情须问天。

蜡烛到明垂泪，熏炉尽日生烟。一点凄凉愁绝意，谩道[2]秦筝有剩弦。何曾为细传。

◇注释

[1]擘钗分钿：比喻夫妻或情侣在分离时将首饰一分为二，各执一半，以表诚信。此处指情侣分离。

[2]谩（màn）道：休说，别说。谩，不要，莫。

◇译文

海上的蟠桃容易成熟，人间的月亮难以长圆。只是那离别的情侣啊，常常分隔两地难以见面。这种情意一定要问那苍天。

蜡烛替人垂泪直到天亮，香炉里整日燃着香料，烟雾缭绕。凄凉的愁思一点点弥漫，不要说那秦筝的余音还在。什么时候能为我细细传递思念。

# 破阵子·燕子欲归时节

燕子欲归时节,高楼昨夜西风。求得人间成小会[1],试把金尊傍菊丛。歌长粉面红。

斜日更穿帘幕,微凉渐入梧桐。多少襟怀言不尽,写向蛮笺[2]曲调中。此情千万重。

◇注释

[1] 小会:短暂的相聚。

[2] 蛮笺:即蜀笺。指蜀地所制作的精美的纸张,供题诗、写信用。

◇译文

燕子即将归去的时节,高高的阁楼上,昨夜吹起了西风。多么希望能与你在人间相会,一起举杯畅饮在菊花丛旁。歌声悠长,佳人的面容红润。

夕阳西下,霞光穿过帘幕,梧桐树渐渐有了秋日的凉意。胸中多少情意无法说尽,只能谱成曲调写信给你。这份情意无比沉重啊。

# 破阵子·忆得去年今日

忆得去年今日，黄花已满东篱。曾与玉人[1]临小槛，共折香英泛酒卮。长条插鬓垂。

人貌不应迁换，珍丛[2]又睹芳菲。重把一尊寻旧径，所惜光阴去似飞。风飘露冷时。

◇注释

[1] 玉人：美人。

[2] 珍丛：美丽的花丛。

◇译文

回忆起去年的今天，菊花已经开满了东边的篱笆。曾经和美人一起在栅栏边观赏，共同折下这芳香的花儿泡酒。采下那花枝插于鬓角。

人的容貌不应该变化，美丽的花丛中又看见了各种鲜花。再一次举杯饮酒寻找那时的小路，只可惜时光匆匆，飞速流逝。此时已是秋风萧瑟，草木飘零，寒露微冷。

# 破阵子·湖上西风斜日

湖上西风斜日,荷花落尽红英。金菊满丛珠颗细,海燕[1]辞巢翅羽轻。年年岁岁情。

美酒一杯新熟[2],高歌数阕堪听。不向尊前同一醉,可奈光阴似水声。迢迢去未停。

◇注释

[1] 海燕:即燕子。古人认为燕子是从南方渡海而来的。

[2] 新熟:指酒刚刚酿好。

◇译文

湖面上西风吹过,夕阳西下,荷花都凋落了,红艳艳的花儿已落尽。金色的菊花开满地,上面还有细细的小水珠,燕子已经离开了巢,拍打着翅膀轻轻飞去。年年岁岁都是情意。

斟满一杯刚刚酿好的美酒,忍不住要高歌几曲来听听。想要和你一同畅饮酣醉,却奈何光阴如流水般匆匆。就那样迢迢远去不停留。

# 破阵子·春景

燕子来时新社[1],梨花落后清明。池上碧苔三四点,叶底黄鹂一两声。日长飞絮轻。

巧笑东邻女伴,采桑径里逢迎。疑怪昨宵春梦好,元是今朝斗草[2]赢。笑从双脸生。

◇注释

[1] 新社:即春社。祭祀土地,以祈丰收。周代用甲日,后多于立春后第五个戊日举行。

[2] 斗草:一种古代游戏。竞采各种花草,以多寡优劣决胜负。亦称"斗百草"。

◇译文

燕子飞回来的时候正逢春社之日,梨花凋落后就是清明时节。池塘上点缀着几点碧绿的苔草,树叶下有黄鹂鸟在歌唱。白日渐渐变长,柳絮轻轻飞扬。

在采桑的小路上迎面遇到了东邻的女玩伴，她的笑容是那样好看。疑惑她是不是昨天晚上做了个好梦，原来是今天斗草取得了胜利。双颊不禁露出笑意。

# 菩萨蛮·芳莲九蕊开新艳

芳莲九蕊开新艳。轻红淡白匀双脸。一朵近华堂，学人宫样妆[1]。看时斟美酒。共祝千年寿。销得[2]曲中夸。世间无此花。

◇注释

[1] 宫样妆：宫中的化妆样式。

[2] 销得：值得。

◇译文

芳香的莲花一朵一朵地绽开新蕊，开得十分娇艳。就像美人在脸上轻轻擦胭脂，淡淡施白粉。尤其是装饰在华美的厅堂上的那一朵。就像学着宫中的化妆样式装扮过一样。

一边赏花，一边斟满美酒。共同祝愿你长寿。伴随着美妙乐声，实在值得夸赞一番。这莲花的美丽，世间再没有什么花能比得过了。

## 菩萨蛮·秋花最是黄葵好

秋花最是黄葵[1]好。天然嫩态迎秋早。染得道家衣[2],淡妆梳洗时。晓来清露滴。一一金杯侧。插向绿云鬟。便随王母仙。

◇注释

[1]黄葵:即香秋葵。一年生或二年生草本植物,开黄色花,常生于平原、山谷、溪涧旁或山坡灌丛中。

[2]道家衣:因道家衣服尚黄,故借以比喻黄葵之花。

◇译文

秋天的花里面数黄葵的花开得最好看。它天生娇嫩,早早就迎接着秋天的到来。就像身着道家的衣裳,施以淡淡的妆容,正在梳洗一样。

清晨到来,花瓣上沾着露水。一朵朵黄葵花仿佛因为露重而倾斜。采下一朵插在美人的发髻间。如同跟随在王母娘娘身旁的仙女一样美丽。

## 菩萨蛮·人人尽道黄葵淡

人人尽道黄葵淡。侬家[1]解说黄葵艳。可喜万般宜，不劳朱粉施。摘承金盏酒。劝我千长寿。擎作女真[2]冠。试伊娇面看。

◇注释

[1] 侬家：我。

[2] 女真：女道士。

◇译文

人人都说黄葵之花太淡了。我却认为它最是艳丽。怎么看都好看，根本不需要施粉黛。

摘下一朵当作是盛满美酒的酒杯。祝愿我长寿。把它举起来当作女道士的发冠。仿佛一位面容娇羞的女子。

# 菩萨蛮·高梧叶下秋光晚

高梧叶下秋光晚。珍丛化出黄金盏[1]。还似去年时,傍阑三两枝。人情须耐久。花面[2]长依旧。莫学蜜蜂儿。等闲悠扬飞。

◇注释

[1] 黄金盏:此处指黄葵花。

[2] 花面:青春的面容。

◇译文

高高的梧桐树下,秋色已晚。美丽的花丛中盛开着金色的黄葵花。还和去年的时候一样,三三两两地依偎在栏杆旁。

赏花人的情意要经久不变。容颜也要像花儿一样年年都那么美丽。不要学习那蜜蜂一会儿采这朵花,一会儿采那朵花。随意地飞舞,飘忽不定。

# 清平乐·春花秋草

春花秋草。只是催人老。总[1]把千山眉黛扫。未抵别愁多少。

劝君绿酒金杯。莫嫌丝管声催。兔走乌飞[2]不住,人生几度《三台》[3]。

◇注释

[1] 总:通"纵",虽,纵然。

[2] 兔走乌飞:古代神话传说中,太阳中有三只金乌,故以乌代日;月宫中有玉兔,故以兔代月。此处指日月流转,时光飞逝。

[3]《三台》:三台,三国时期曹操所建造的三座台址,包括金凤台、铜雀台、冰井台。刘禹锡《嘉话录》曰:"三台送酒,盖因北齐高洋毁铜雀台,筑三个台,宫人拍手呼上台送酒。因名其曲为《三台》。"(《乐府诗集·杂曲歌辞十五·三台词序》)

◇译文

春天的花,秋天的草。总是催促着人老去。纵然扫尽千山眉黛,也不能抵消多少离愁别绪。

劝你喝下这杯新酒。不要嫌恶那音乐声音急促。日月流转，时光飞逝，无法停留住，人生短暂，又能几次登上高位。

# 清平乐·秋光向晚[1]

秋光向晚。小阁初开宴。林叶殷红犹未遍。雨后青苔满院。

萧娘劝我金卮。殷勤更唱新词。暮去朝来即老,人生不饮何为。

◇注释

[1] 秋光向晚:指接近暮秋。向,临近,将近。

◇译文

秋天将要结束了。楼阁内刚刚摆开酒宴。树林中的叶子还没有全部变红。一场雨后,院子里长满了青苔。

美人劝我饮酒。殷勤地唱了一首又一首的新词。从黑夜到白天,时间一天天过去,我也即将老去,人生若不开怀畅饮,还能做什么呢?

# 清平乐·春来秋去

春来秋去。往事知何处。燕子归飞兰泣露。光景千留[1]不住。

酒阑人散忡忡[2]。闲阶[3]独倚梧桐。记得去年今日,依前黄叶西风。

◇注释

[1] 千留:千万次地挽留。

[2] 忡忡:忧虑不安的样子。

[3] 闲阶:即空阶。

◇译文

春天到来,秋天过去。往日的事情都不知道在哪里了。燕子飞回了南方,兰花上的露珠滴落,仿佛在哭泣落泪。这样美好的光景就算千万次地挽留也无法留住。

酒席结束,人群散去,我又变得忧虑不安。站在空荡荡的台阶上,独自倚靠着梧桐树。还记得去年的今天,也是这样的情景,西风吹着黄叶纷飞。

# 清平乐·金风细细

金风细细。叶叶梧桐坠[1]。绿酒初尝人易醉。一枕小窗浓睡。

紫薇朱槿花残。斜阳却照[2]阑干。双燕欲归时节,银屏昨夜微寒。

◇注释

[1] 叶叶梧桐坠:指梧桐树的叶子一片一片地坠落。

[2] 却照:正照。

◇译文

秋风微微吹拂,梧桐树的叶子一片一片地坠落。刚酿好的新酒初次品尝的人很容易喝醉。在窗户前一枕酣睡。

紫薇花和朱槿花已经凋残。夕阳西下,正好照耀在栏杆上。这个时节,成双成对的燕子将要飞回南方,昨夜银屏也已经微生寒意。

# 清平乐·红笺小字

红笺[1]小字。说尽平生意。鸿雁在云鱼在水[2]。惆怅此情难寄。斜阳独倚西楼。遥山恰对帘钩。人面不知何处[3],绿波依旧东流。

◇注释

[1] 红笺:红色的笺纸。此处指情书。

[2] 鸿雁在云鱼在水:古代传说中,鸿雁和鲤鱼都是传递书信的信使。

[3] 人面不知何处:此处化用唐代崔护《题都城南庄》诗句:"去年今日此门中,人面桃花相映红。人面不知何处去,桃花依旧笑春风。"

◇译文

红色的笺纸上写满了娟秀的小字。诉说着我平生对你的爱意。鸿雁藏在了云中,鲤鱼沉入了水底。惆怅的情思难以寄出。

夕阳西下,我独自倚靠在西楼上,远处的山正好对着帘钩。那面如桃花般的美丽女子已不知去往了何处,只有这碧绿的波涛依然向东流去。

# 秋蕊香·梅蕊雪残香瘦

梅蕊雪残香瘦[1]。罗幕轻寒微透。多情只似春杨柳。占断可怜时候。

萧娘劝我杯中酒。翻红袖。金乌玉兔[2]长飞走。争得朱颜依旧。

◇注释

[1] 香瘦：指香气淡了。

[2] 金乌玉兔：分别指太阳和月亮。此处形容时光飞逝。

◇译文

梅花在雪中绽放，香气渐渐淡了。罗幕微微透进了一丝寒意。多情的人啊就像那春天的杨柳。占尽了春天里的美好时光。

美人劝我饮尽这杯中美酒。舞女们翻转红袖，翩翩起舞。日月流转，时光飞逝，怎样才能保持青春容颜呢。

# 秋蕊香·向晓雪花呈瑞

向晓雪花呈瑞。飞遍玉城瑶砌。何人剪碎天边桂[1]。散作瑶田琼蕊。

萧娘敛尽双蛾翠。回香袂。今朝有酒今朝醉。遮莫更长无睡[2]。

◇注释

[1] 天边桂：传说月亮上有一棵高五百丈的桂花树。

[2] 遮莫：尽教、任由；更长：夜长；无睡：无眠。

◇译文

天将亮的时候，飘起了一片片雪花。纷纷扬扬飘落了整座城。这是谁剪碎了月亮上的桂花。才散作这晶莹剔透的雪花。

美人皱起眉头高声歌唱。舞女们舞动着散着香气的衣袖。今天有酒就喝个痛快。任由长夜漫漫，无心睡眠。

# 鹊踏枝·槛菊[1]愁烟兰泣露

槛菊愁烟兰泣露。罗幕轻寒,燕子双飞去。明月不谙离恨苦。斜光到晓穿朱户。

昨夜西风凋碧树。独上高楼,望尽天涯路。欲寄彩笺兼尺素[2]。山长水阔知何处。

◇注释

[1]槛菊:栅栏内种的菊花。

[2]尺素:书信。

◇译文

惨淡的晨雾笼罩着栅栏内的菊花,兰花的露珠滴落仿佛在哭泣。罗幕轻轻飘动,透着微微寒意,成双的燕子飞回南方。明月不理解离愁别恨。斜洒的月光直到破晓时分还照耀着朱红的门户。

昨天夜里,西风吹过,碧树凋零。我独自登上高楼,眺望那伸向天涯的道路。想要寄一封诗笺和书信。奈何山高水长不知道要寄往哪里。

# 鹊踏枝·紫府[1]群仙名籍秘

紫府群仙名籍秘。五色斑龙，暂降人间世。海变桑田都不记。蟠桃一熟三千岁。

露滴彩旌云绕袂。谁信壶中，别有笙歌地[2]。门外落花随水逝。相看莫惜尊前醉。

◇注释

[1]紫府：道教中指神仙居住的地方。

[2]谁信壶中，别有笙歌地：《后汉书·方术列传下·费长房》载："费长房者，汝南人也。曾为市掾。市中有老翁卖药，悬一壶于肆头，及市罢，辄跳入壶中。市人莫之见，唯长房于楼上睹之，异焉，因往再拜奉酒脯。翁知长房之意其神也，谓之曰：'子明日可更来。'长房旦日复诣翁，翁乃与俱入壶中。唯见玉堂严丽，旨酒甘肴，盈衍其中，共饮毕而出。"

◇译文

　　紫府里的神仙名籍上有您的仙名。您乘着五彩的神龙,暂时降谪在人间。沧海桑田,已经不记得您的岁数了。只知道蟠桃成熟一次,是三千年。

　　露珠滴落,彩旗飘飘,云雾缠绕着衣袖。谁能相信这壶中,就像费长房的壶一样,别有一番笙歌燕舞。门外飘落的花瓣随着流水消失。不要珍惜这眼前的美酒,只管尽情酣醉。

## 瑞鹧鸪·咏红梅

越娥[1]红泪泣朝云。越梅从此学妖嚬[2]。腊月初头、庾岭[3]繁开后,特染妍华[4]赠世人。

前溪昨夜深深雪,朱颜不掩天真[5]。何时驿使西归,寄与相思客,一枝新。报道江南别样春。

◇注释

[1]越娥:指越国的美女西施。

[2]嚬:同"颦",皱眉。

[3]庾岭:地名。盛产梅花。

[4]妍华:美丽,华丽。

[5]天真:天然率真的姿态。

◇译文

越国的美女西施落泪,连朝云都为之哭泣。越国的梅花从此都学习西施皱眉。腊月初，庾岭的梅花盛开后，特意将妍丽赠给世人。

  前溪昨天夜里积了很深的雪，在白雪的映照下，红色的梅花一点儿也不掩饰它的天然姿态。什么时候驿使从西边归来，折一枝新梅寄给相思的人。告诉他江南不一样的春天。

# 瑞鹧鸪·江南残腊欲归时

江南残腊欲归时。有梅红亚[1]雪中枝。一夜前村、间破瑶英[2]拆,端的千花冷未知。

丹青改样匀朱粉,雕梁欲画犹疑。何妨与向冬深,密种秦人路[3],夹仙溪。不待夭桃客自迷。

◇注释

[1]亚(yā):通"压",低垂。

[2]瑶英:美玉。此处指白雪。

[3]秦人路:指去往桃花源的路。晋陶渊明《桃花源记》中生活在桃花源里的村民的先祖就是躲避秦时乱的秦朝人。

◇译文

江南腊月快要结束,正是要归去的时候。大雪压着树枝,梅花在雪中绽放。一夜之间,前村的梅花就冲破覆盖的白雪绽放了,这些花真的不感觉冷吗?

换了一种研磨的办法用朱红的粉末画梅花，想要画在有雕梁的华美屋子里，却又迟疑了。何不在这寒冬里，将它密密地种在前往桃花源的路上，让它们在仙溪的两岸开放。这样不用等到桃花开放的春天,游客们来访也会迷路。

# 睿恩新·芙蓉一朵霜秋色

芙蓉一朵霜秋色。迎晓露、依依先拆。似佳人、独立倾城,傍朱槛、暗传消息。

静对西风脉脉[1]。金蕊绽、粉红如滴。向兰堂、莫厌重深[2],免清夜、微寒渐逼。

◇注释

[1]脉脉:默默地用眼神或行动表达情意的样子。

[2]重深:幽深。

◇译文

一朵木芙蓉沾满了秋霜,装点着秋色。迎着清晨的露水,依依绽放。就像一位佳人,遗世而独立,一顾倾城,依傍着朱红的栏杆,暗暗传递着秋天的消息。

它含情脉脉地静对着秋风。金色的花蕊绽开，粉红的花瓣仿佛饱含水滴。我打算将它移到兰堂中去，希望它不要厌恶那兰堂的幽深，我也是想让它避免夜晚寒气的侵袭。

## 睿恩新·红丝一曲傍阶砌

红丝一曲傍阶砌。珠露下、独呈纤丽。剪鲛绡[1]、碎作香英,分彩线、簇成娇蕊。

向晚群花欲悴。放朵朵、似延秋意。待佳人、插向钗头,更袅袅、低临凤髻。

**【注视】**

[1] 鲛绡:传说中鲛人做的绡纱。

◇**译文**

鲜花盛开在石阶的曲折之处,仿佛一条红丝带。在露珠的衬托之下,更加呈现出纤巧美丽。仿佛剪碎了鲛人做的绡纱,化作芳香的花朵,那花蕊就像彩色的丝线,簇成一团。

临近傍晚的时候,群花都将要凋谢了。只有朵朵绽放的木芙蓉,好似要延长这秋意。等待美人来,折取一朵插在钗头,低挨着凤形的发髻,更加美丽动人。

## 山亭柳·赠歌者

家住西秦。赌博艺随身。花柳[1]上、斗尖新。偶学念奴[2]声调,有时高遏行云。蜀锦缠头[3]无数,不负辛勤。

数年来往咸京道,残杯冷炙谩消魂。衷肠事、托何人。若有知音见采[4],不辞遍唱《阳春》。一曲当筵落泪,重掩罗巾。

◇注释

[1] 花柳:指繁华游乐之地。

[2] 念奴:唐天宝年间著名歌妓。后泛指歌女。

[3] 缠头:指艺人表演结束后,客人给的赏赐、打赏。《太平御览》卷八一五引用《唐书》载:"旧俗,赏歌舞人,以锦彩置之头上,谓之缠头。"

[4] 见采:理解采纳,被赏识。

◇译文

我家住在西秦。靠着随身的技艺谋生。在这繁华的游乐之地,吟诗作词,别出新意。偶尔也学着念奴的声调歌唱，歌声高亢嘹亮。获得了无数的打赏，也算不辜负我的辛勤付出。

　　这么多年一直往来于咸京道上，所挣的不过是些残羹剩饭。种种心事，又能向何人诉说呢。如果有知音能够理解我，我一定不会推辞，要为他唱遍那《阳春》曲。一曲过后，我在筵席上当众落泪，赶紧又拿起罗巾掩面。

# 少年游·重阳过后

重阳过后,西风渐紧,庭树叶纷纷。朱阑向晓[1],芙蓉妖艳,特地斗芳新。霜前月下,斜红淡蕊,明媚欲回春。莫将琼萼等闲分[2]。留赠意中人。

◇注释

[1] 向晓:天快亮的时候。

[2] 等闲分:随意区分。

◇译文

重阳节过后,秋风越发急促,院子里的树叶纷纷落下。天快亮了,阳光洒在朱红的栏杆上,木芙蓉更加娇艳美丽,仿佛要与别的花儿争芳斗艳。

秋霜前,月光下,微微倾斜的红花,淡淡的花蕊,明媚而娇艳,仿佛要回到春天了。不要将那红花摘下随意区分。留着赠送给意中人。

## 少年游·霜华满树

霜花满树,兰凋蕙惨,秋艳入芙蓉[1]。胭脂嫩脸,金黄轻蕊,犹自怨西风。前欢往事[2],当歌对酒,无限到心中。更凭朱槛忆芳容。肠断一枝红[3]。

◇注释

[1] 秋艳入芙蓉:指已经轮到木芙蓉来展现秋天的艳丽了。

[2] 前欢往事:指当年看花之时,有心爱的女子陪伴,饮酒听歌,十分欢乐的事。

[3] 一枝红:此处比喻美丽的女子。

◇译文

霜花凝结满树枝,兰花凋零,蕙草惨淡,轮到木芙蓉来展现秋天的艳丽了。看那花朵仿佛涂了胭脂的娇嫩脸蛋,金黄色的花蕊轻轻摆动,依然在埋怨秋风凛冽。

想起当年与心爱的女子相伴赏花,如今只能看着眼前的歌舞饮酒,心中无限惆怅。更惹得我倚靠在朱红的栏杆上回忆她美丽的容颜。只是那美丽的女子早已经离去,不免为之伤心断肠。

## 少年游·芙蓉花发去年枝

芙蓉花发去年枝,双燕欲归飞。兰堂风软,金炉香暖,新曲动帘帷。家人拜上千春寿[1],深意满琼卮。绿鬓朱颜,道家装束[2],长似少年时。

◇注释

[1] 千春寿:即寿辰。

[2] 道家装束:穿着道家服饰。唐宋时年轻人间流行的一种时髦打扮。

◇译文

芙蓉花开放在去年旧的枝头上,成双成对的燕子正要南归。华丽的厅堂内风软绵绵的,金炉里的香烟袅袅,新作的曲子从帘幕内传出。

家人们一一上前拜寿,深深的情意都斟满在这酒杯中。乌黑的鬓发,红润的容颜,身着道家服饰,就好像还是少年的时候。

# 少年游·谢家[1]庭槛晓无尘

谢家庭槛晓无尘,芳宴祝良辰。风流妙舞,樱桃[2]清唱,依约驻行云。榴花一盏浓香满,为寿百千春。岁岁年年,共欢同乐,嘉庆与时新。

◇注释

[1]谢家:晋太傅谢安家。此处泛指名门望族。

[2]樱桃:唐代白居易曾作诗称赞善歌的妓人樊素与善舞的妓人小蛮:"樱桃樊素口,杨柳小蛮腰。"此处代指歌妓。

◇译文

名门望族的门槛在清晨就被打扫得一尘不染,家里要准备祝寿的筵席。舞姿曼妙如风流转,歌妓的声音清越就像樊素在歌唱,仿佛连天上的行云都停驻了。

斟满一杯浓香的榴花酒,祝愿女主人长命百岁。祝愿岁岁年年都能共同欢聚,一同庆祝这美好的日子,常乐常新。

# 诉衷情·青梅煮酒斗时新

青梅煮酒斗时新。天气欲残春。东城南陌花下，逢着意中人。回绣袂，展香茵[1]。叙情亲。此时拚[2]作，千尺游丝[3]，惹住朝云[4]。

◇注释

[1] 香茵：坐褥、坐垫的美称。

[2] 拚：舍弃，不顾惜。

[3] 游丝：蜘蛛、青虫等所吐出的在空中飘荡的细丝。

[4] 惹：招引，牵扯；朝云：此处指意中人。

◇译文

正值青梅煮酒的好时节。又是春末的天气。东城南边小路的花丛下，偶然遇见了我的意中人。

我挽住她的衣袖，铺展开坐垫。与她亲昵地叙说情意。此时我甘愿化作千尺游丝，来牵扯住我的意中人。

# 诉衷情·东风杨柳欲青青

东风杨柳欲青青。烟淡雨初晴。恼他香阁浓睡,撩乱有啼莺。眉叶细,舞腰轻。宿妆[1]成。一春芳意,三月和风,牵系人情。

◇注释

[1] 宿妆:隔夜的妆扮。

◇译文

春风吹过,杨柳将要发出青青的嫩芽。淡淡的烟气散去,雨后初晴。让人烦恼的是在香阁酣睡时,总有啼叫的黄莺来打扰。

她那如柳叶般纤细的眉毛,舞动的腰肢格外轻盈。还是隔夜的妆扮。充满春之气息的三月,春风和煦,撩拨人心,牵动着我的情思。

## 诉衷情·芙蓉金菊斗馨香

芙蓉金菊斗馨香。天气欲重阳。远村秋色如画,红树[1]间疏黄。流水淡,碧天长。路茫茫。凭高目断,鸿雁来时,无限思量[2]。

◇注释

[1] 红树:指秋天树叶变红的树木,如枫树。

[2] 思量:思念。

◇译文

木芙蓉和金菊花争相绽放,仿佛在比谁更芳香。这个时节马上就要到重阳了。远处的村落仿佛是一幅秋天的画卷,一片片枫树林间稀疏夹杂着叶子变黄的树木。

溪流缓缓地流淌,晴空万里。路途茫茫。登临高处,极目远眺,当看到鸿雁飞来的时候,心中生发无限的思念之情。

# 诉衷情·数枝金菊对芙蓉

数枝金菊对芙蓉。摇落[1]意重重。不知多少幽怨,和露泣西风。人散后,月明中。夜寒浓。谢娘[2]愁卧,潘令[3]闲眠,心事无穷。

◇注释

[1] 摇落:凋落。

[2] 谢娘:此处指作者思念的亳州歌妓。

[3] 潘令:晋潘岳曾为河阳令,故称潘令。此处为作者自指。

◇译文

几枝金菊花正对着木芙蓉。花瓣凋落,惹得心事重重。不知道有多少幽怨情绪,在秋风中伴着露水哭泣。

人群散去后,明月当空。夜晚的寒气更加浓郁。美人忧愁地卧着,我悠闲地睡着,心中却有无穷的心事。

# 诉衷情·露莲双脸[1]远山眉

露莲双脸远山眉。偏与淡妆宜。小庭帘幕春晚,闲共柳丝垂。

人别后,月圆时。信迟迟。心心念念,说尽无凭[2],只是相思。

◇注释

[1] 露莲:带着露珠的莲花;双脸:两颊。

[2] 说尽无凭:说了很多没有根据的话,即怀疑的话。

◇译文

两颊如带着露珠的莲花,眉毛如远处的山岭。这容貌偏偏就适宜淡淡的妆容。帘幕外的小庭院里,春色已晚,只有那柳树的枝条丝丝下垂着。

与你分别后,不觉又到了月圆的时候。因为迟迟收不到你的来信而惆怅。心中就一直惦念着,说了很多没有凭据、怀疑你的话,只是因为无尽的相思。

# 诉衷情·秋风吹绽北池莲

秋风吹绽北池莲。曙云[1]楼阁鲜。画堂今日嘉会,齐拜玉炉烟。

斟美酒,祝芳筵。奉[2]觥船。宜春耐夏[3],多福庄严,富贵长年。

◇注释

[1] 曙云:朝霞。

[2] 奉:通"捧"。

[3] 耐夏:即宜夏。耐,宜,相称。

◇译文

秋风吹过,北池的莲花绽开了。朝霞照在楼阁上,显得格外鲜亮。华丽的厅堂内今天有美好的宴会,一齐在玉炉前燃着熏香参拜。

斟满美酒,恭祝寿辰。捧着大酒杯相互劝酒。无论春夏,都能尽享美好时光,福气多多,端庄严正,富贵长寿。

# 诉衷情·世间荣贵月中人[1]

世间荣贵月中人。嘉庆在今辰。兰堂帘幕高卷,清唱遏行云。

持玉盏,敛红巾。祝千春[2]。榴花寿酒,金鸭炉香,岁岁长新。

◇注释

[1] 月中人:月亮中的仙人。此处指寿主。

[2] 千春:指长寿。

◇译文

您乃是世间荣华富贵之人,就像那月中的仙人般高贵。在今天庆祝这喜庆的事。装饰兰草的厅堂内,帘幕高卷,歌妓的歌声清亮,仿佛天上的行云都停驻了。

宾客们手持酒杯,收敛红巾。共同祝愿您长寿。榴花酿造的寿酒,金鸭形状的香炉内燃着熏香,只愿岁岁长新。

# 诉衷情·海棠珠缀一重重[1]

海棠珠缀一重重。清晓近帘栊[2]。胭脂谁与匀淡，偏向脸边浓。看叶嫩，惜花红。意无穷。如花似叶，岁岁年年，共占春风。

◇注释

[1] 珠缀：连缀成串的珠子。此处指露珠；重重：层层。

[2] 帘栊：门窗的帘子。代指闺阁内室。

◇译文

海棠花上沾满了露珠，一层层的。清晨日光照进内室。谁能将脸上的胭脂匀淡些，此时的人面可是比那海棠花还要红润。

观赏嫩绿的叶子，怜惜鲜艳的花朵。心中的情意无穷。但愿能够像这红花绿叶一般，年年岁岁，共同占有这春日的美好时光。

# 诉衷情·寿

幕天席地斗豪奢。歌妓捧红牙[1]。从他醉醒醒醉,斜插满头花。车载酒,解貂赊[2]。尽繁华。儿孙贤俊,家道荣昌,祝寿无涯。

◇注释

[1]红牙:乐器名,即红牙拍板,又名檀板。因多用象牙或檀木做成,再漆成红色,故称为"红牙"。

[2]车载酒,解貂赊(shi):此句用"貂裘换酒"的典故。貂裘为达官贵人的服饰,用之赊酒,形容贵人或名士的风流放诞。《晋书·阮孚传》载:阮孚"迁黄门侍郎、散骑常侍,尝以金貂换酒,复为所司弹劾,帝宥之。"赊,赊欠,赊买。

◇译文

以苍天为幕,以大地为席,在宴会上争相比较豪华奢侈。歌妓捧着红牙板歌唱。任凭他醉了又醒,醒了又醉,就像那魏晋的名士刘伶,斜插了满头的鲜花。

　　拿着名贵的貂裘大衣去赊美酒喝。尽是一派繁华景象。祝愿您儿孙贤俊，家族繁荣昌盛，永远长寿。

## 诉衷情·喧天丝竹韵融融

喧天丝竹韵融融。歌唱画堂中。玲女世间希有[1],烛影夜摇红。一同笑,饮千钟[2]。兴何穷。功成名遂,富足年康,祝寿如松。

◇注释

[1]玲女:即唐代杭州名妓商玲珑,善歌舞,深得当时任杭州刺史的白居易喜爱,有诗句:"罢胡琴,掩琴瑟,玲珑再拜歌初毕。"此处代指宴会上的歌妓;希有:稀有。

[2]千钟:千盅,千杯。

◇译文

喧天的音乐声,韵律和谐。华美的厅堂里有人在歌唱。像商玲珑那样的歌女世间少有,宴会直至深夜,烛影摇动。

人们一同欢笑,饮了有上千杯。仿佛兴致无穷无尽。祝愿您功成名就,生活富足,身体康健,寿比南山不老松。

# 踏莎行·细草愁烟

细草愁烟,幽花怯露。凭阑总是销魂处。日高深院静无人,时时海燕双飞去。带缓[1]罗衣,香残蕙炷[2]。天长不禁迢迢路。垂杨只解惹春风,何曾系得行人住。

◇注释

[1]带缓:即缓带。宽束衣带。形容从容、安舒。

[2]炷:燃烧。

◇译文

纤细的小草在风中飘动,仿佛一缕轻烟惹人忧愁,幽僻处开放的花朵仿佛害怕露珠的打扰一样。倚靠着栏杆处,总是容易陷入愁思。太阳高升,幽深的庭院里安静得没有人声,偶尔有成双的海燕飞去。

宽束衣带,轻解罗裳,香炉内的蕙草即将燃尽。路途遥远就像那长长的天际。垂下的杨柳只知道招惹那春风,哪里能够让行人停驻。

# 踏莎行·祖席[1]离歌

祖席离歌，长亭别宴。香尘已隔犹回面[2]。居人匹马映林嘶，行人去棹[3]依波转。

画阁魂消，高楼目断。斜阳只送平波远。无穷无尽是离愁，天涯地角寻思遍。

◇注释

[1] 祖席：送别的宴席。古代出行时祭祀路神曰祖，故称饯别的筵席为祖席。

[2] 回面：回首，回顾。

[3] 去棹：离去的船。棹，通"櫂"，船桨，代指船。

◇译文

送别的宴席上，唱起了悲痛的离歌，长亭的饯别宴上，香尘已经遮住了视线，仍然忍不住频频回首。送行人的马匹在林中嘶鸣，离人的船只已经随波远去。

我站在华丽的阁楼上黯然销魂，凭借高楼，极目远眺，夕阳西下，只剩下平静的波涛无边无际。人世间最无法穷尽的就是这离愁，天涯海角也要寻思个遍。

# 踏莎行·碧海[1]无波

　　碧海无波,瑶台有路。思量[2]便合双飞去。当时轻别意中人,山长水远知何处。

　　绮席凝尘,香闺掩雾。红笺小字凭谁附[3]。高楼目尽欲黄昏,梧桐叶上萧萧雨。

## ◇注释

[1] 碧海:传说中的海名,神仙居住的地方。汉代文学家东方朔《十洲记》载:"扶桑在东海之东岸。岸直,陆行登岸一万里,东复有碧海,海广狭浩汗,与东海等。水既不咸苦,正作碧色,甘香味美。"

[2] 思量:忖度,考虑。

[3] 附:寄,捎带。

## ◇译文

　　碧海平静而没有波澜,瑶台有路可以通行。考虑许久,当初就应该与你双双飞去。当时轻易就与意中人分别，如今山高水远，想要找寻却不知道你在什么地方。

　　华丽的坐席上满是灰尘，香闺中弥漫着烟雾。写满相思的情书要靠谁给我捎带呢。登上高楼，极目远眺，天色已经是黄昏了，萧萧细雨，落在梧桐树叶上。

# 踏莎行·绿树归莺

绿树归莺,雕梁别燕。春光一去如流电[1]。当歌对酒莫沉吟,人生有限情无限。

弱袂萦春,修蛾写怨。秦筝[2]宝柱频移雁。尊中绿醑[3]意中人,花朝月夜长相见。

◇注释

[1] 流电:闪电。

[2] 秦筝:相传为秦人所造,有十二或十三弦,斜列如雁行,故又称"雁筝",声音凄清哀怨。

[3] 绿醑(xǔ):绿色美酒。

◇译文

碧绿的树上黄莺飞来,华美的房梁上燕子飞走了。春天的时光就如闪电一般,转瞬即逝。应该趁着美好的时光举杯歌唱,千万不要低头沉吟,人生有限,但情意无限啊。

美人的衣袖轻盈，萦绕着春意，修长的眉毛上露出了哀怨。秦筝不停地弹奏着乐曲。饮一杯绿色美酒，又想起了我的意中人，但愿能在花前月下长久地在一起。

# 踏莎行·小径红稀

小径红稀,芳郊绿遍。高台树色阴阴见[1]。春风不解禁杨花,濛濛[2]乱扑行人面。

翠叶藏莺,朱帘隔燕。炉香静逐游丝转。一场愁梦酒醒时,斜阳却照深深院。

◇注释

[1] 阴阴见:暗暗地显现出来。见,同"现"。

[2] 濛濛:盛多的样子。此处是形容杨花飞散的样子。

◇译文

小路旁的花儿已经稀疏凋零,郊野的绿草遍地。高台在树荫中若隐若现。春风也不知道去管管那杨花,任由它洋洋洒洒胡乱地扑在行人的脸上。

翠绿的树叶中藏着黄莺鸟,朱红的帘子外有燕子在鸣啼。香炉内的香料在静静地燃烧,炉烟如游丝袅袅。一场愁梦过后,酒也醒了,此时夕阳正好照耀在深深的庭院中。

# 殢人娇·玉树[1]微凉

玉树微凉,渐觉银河影转。林叶静、疏红欲遍。朱帘细雨,尚迟留归燕。嘉庆日、多少世人良愿。

楚竹[2]惊鸾,秦筝起雁[3]。萦舞袖、急翻罗荐[4]。《云回》一曲,更轻拢檀板。香炷远、同祝寿期无限。

◇注释

[1] 玉树:传说中的仙树。此处指月亮上的桂树,代指月亮。

[2] 楚竹:指用楚地的竹子制作的管乐器。

[3] 起雁:因筝柱斜列如雁行,称雁柱。故弹奏秦筝称起雁。

[4] 罗荐:指柔软的丝织品制作的垫子。

◇译文

月亮透着微微凉意,渐渐感觉银河的位置变换,秋天已经来了。树林里一片寂静,稀疏的红叶将要红遍山林。朱红的帘子外,细雨蒙蒙,还有没有回归南方的燕子。欢乐的日子里，多少世人怀着美好的愿望。

　　管乐器、弦乐器纷纷奏起，乐声悦耳。舞女们轻舞衣袖，快速翻转着垫子。奏完一曲《云回》，再轻轻弹拨檀板。点燃的炉香飘远，一同祝愿您长寿无限。

# 殢人娇·二月春风

二月春风，正是杨花满路。那堪更、别离情绪。罗巾掩泪，任粉痕沾污。争奈[1]向、千留万留不住。

玉酒频倾，宿眉愁聚[2]。空肠断、宝筝弦柱。人间后会，又不知何处。魂梦里、也须时时飞去。

◇注释

[1] 争奈：怎奈。

[2] 宿眉愁聚：一连几天都愁眉紧锁。

◇译文

阳春二月，正是杨花开放的时候，春风一吹，杨花便落得满路都是。这情景更加增添了我的离愁别绪。用罗巾掩面落泪，任由脂粉泪痕沾污了罗巾。能有什么办法呢，千万次地挽留也没能留住。

不停地斟满酒杯，一连几天都是愁眉紧锁的。空自悲伤，哪里有心思管那弹奏的乐曲。茫茫人海，不知道以后会在哪里相见。就是在梦里，魂魄也时时想要飞向你，却又不知飞往何处。

# 殢人娇·一叶秋高

一叶秋高,向夕红兰露坠。风月好、乍凉天气。长生[1]此日,见人中嘉瑞。斟寿酒、重唱妙声珠缀。

凤管[2]移宫,钿衫回袂。帘影动、鹊炉香细。南真宝箓[3],赐玉京[4]千岁。良会永、莫惜流霞[5]同醉。

◇注释

[1] 长生:即生日。

[2] 凤管:指笙箫之类的乐器。管,通"管"。

[3] 南真:即南极老人,古人认为他是司理人的寿命的神仙。陶弘景《真诰·运象篇第一》:"真妃又曰:'君师南真夫人,司命秉权,道高妙备,实良德之宗也。'"宝箓:道家的符箓,上面记载着每人的寿数。

[4] 玉京:道家称天帝的居所。晋葛洪《枕中书》引《真记》:"元都玉京,七宝山,周回九万里,在大罗之上。"《魏书·释老志》:"道家之原,出于老子。其自言也,先天地生,以资万类,上处玉京,为神王之宗。"此处借喻帝都。

[5] 流霞:传说中,神仙饮用的饮料。泛指美酒。

◇译文

　　通过一片叶子的凋落就知道秋天来了,夕阳西下,红兰缀满了露珠。清风明月正好,天气突然转凉。今天是您的生日,第一次见到您这样长寿的人啊。斟满寿酒,再唱一首美妙的歌曲。

　　笙箫不断变换着音调,舞女们来回舞动着衣袖。帘幕的影子晃动,鹊炉里的香烟细细飘出。愿南极老人赐予您千岁之寿,在京都陪侍帝王。这样美好的聚会一直都有,不要怜惜这美酒,一同大醉一场吧。

# 望汉月·千缕万条堪结

千缕万条堪结。占断好风良月。谢娘[1]春晚先多愁,更撩乱、絮飞如雪。短亭相送处,长忆得、醉中攀折[2]。年年岁岁好时节。怎奈尚、有人离别。

◇注释

[1]谢娘:即东晋女诗人谢道韫。晋太傅谢安侄女,王凝之妻。《世说新语·言语》载:谢太傅寒雪日与儿女咏雪,"兄女(谢道韫)曰:'未若柳絮因风起。'"因此,后人称有才华的女子为"谢娘"。

[2]攀折:指折柳送别。《三辅黄图·桥》:"灞桥在长安东,跨水作桥。汉人送客至此桥,折柳赠别。"

◇译文

杨柳枝千条万条可以绾成同心结。占尽了春天这美好的时光。女子望着晚春时节如雪般飞舞的柳絮,更添了几多愁绪。

在送别的短亭处,经常回忆起,醉酒后折柳送别的情景。年年岁岁都有这样美好的春光。怎奈何,总是有人要离别。

# 望仙门·紫薇枝上露华浓

紫微枝上露华浓。起秋风。管弦声细出帘栊。象筵[1]中。

仙酒斟云液[2],仙歌转绕梁虹。此时佳会庆相逢。庆相逢。欢醉且从容。

◇注释

[1] 象筵:豪华的筵席。

[2] 云液:美酒。

◇译文

紫薇花枝上凝结着密密的露珠。秋风吹起。乐声悠扬,细细地从帘中传出。厅堂内正在举行华美的筵席。

人们斟满酒杯,共饮美酒,美妙的歌声回荡在雕梁间。此时的人们因为相聚而举办美好的宴会庆祝。庆祝相聚。那就开怀畅饮,尽情酣醉吧。

# 望仙门·玉壶清漏起微凉

玉壶清漏起微凉。好秋光。金杯重叠满琼浆。会仙乡[1]。

新曲调丝管,新声更飐霓裳[2]。博山炉[3]暖泛浓香。泛浓香。为寿百千长。

◇注释

[1] 仙乡:神仙居住的地方。

[2] 霓裳:即《霓裳羽衣曲》,又称《霓裳羽衣舞》,唐代的宫廷乐舞。

[3] 博山炉:博山产制的香炉,上雕刻有各种奇禽怪兽。

◇译文

玉制的滴漏微微升起了一丝丝凉意。多么美好的秋日时光。大家举起酒杯,斟满美酒。仿佛相聚在神仙居住的地方。

乐器演奏着新谱的曲调,乐声悠扬,胜过《霓裳羽衣曲》。香炉内正燃烧着香料,飘出浓浓的香烟。浓香飘散。共同祝愿您长命百岁。

# 望仙门·玉池波浪碧如鳞

玉池波浪碧如鳞。露莲新。清歌一曲翠眉颦。舞华茵[1]。

满酌兰英酒[2],须知献寿千春。太平无事荷[3]君恩。荷君恩。齐唱《望仙门》。

◇注释

[1] 华茵:华美的地毯。

[2] 兰英酒:兰花浸泡的美酒。

[3] 荷:承受,蒙受。

◇译文

美丽的池塘内碧波荡漾,波光粼粼。新绽开的莲花还沾着晶莹的露珠。歌女翠眉紧皱,清唱一曲,歌声嘹亮。舞女在华丽的地毯上翩翩起舞。

兰英酒已斟满酒杯,要祝愿您长寿。太平盛世,全是承蒙君王的恩泽。承受君王的恩泽。一同高唱《望仙门》吧。

# 喜迁莺·风转蕙

风转蕙,露催莲。莺语尚绵蛮[1]。尧蓂[2]随月欲团圆。真驭[3]降荷兰。褰油幕[4]。调清乐。四海一家同乐。千官心在玉炉香。圣寿祝天长。

◇注释

[1] 绵蛮:鸟叫声。

[2] 尧蓂:即蓂荚,传说中为帝尧阶前生长的瑞草。晋葛洪《抱朴子·对俗》载:"唐尧观蓂荚以知知月。"后代指时序,光阴。

[3] 真驭:仙驾。此处指皇帝的圣驾。

[4] 褰:掀开;油幕:古代迎宾时设的涂油的帐幕。

◇译文

风儿吹动着蕙草,露珠在莲花瓣上滚动。黄莺还在不停地啼叫。看着蓂荚的生长就知道快到了月圆的时候。皇帝的圣驾降临在荷花与兰花盛开的花园里。

　　掀起迎宾的帐幕。奏起清亮的乐曲。四海一家，共享欢乐。无数官员的心都在皇帝的身上。共同祝愿皇帝寿与天齐。

# 喜迁莺·歌敛黛

歌敛黛，舞萦风。迟日[1]象筵中。分行珠翠簇繁红。云髻袅珑璁[2]。金炉暖。龙香远。共祝尧龄[3]万万。曲终休解画罗衣。留伴彩云飞。

◇注释

[1] 迟日：春日。

[2] 珑璁（lóng cōng）：泛指玉石。此处指妇女的珠宝首饰。

[3] 尧龄：传说中尧在位九十八年，寿逾百岁，后因以"尧龄"为祝颂帝王长寿的套语。

◇译文

歌女紧皱眉头引吭高歌，舞女翩翩起舞衣袖带风。在这暖和的春日里摆起了豪华的筵席。宾客们分列在两侧的坐席，衣着华丽簇簇如繁花似锦。高高的发髻上戴着漂亮的珠宝首饰。

金炉内燃着香料。龙涎香袅袅飘向远方。共同祝愿帝王像唐尧一样万寿无疆。乐曲结束后，不要解开那美丽的舞衣。姑且留下伴着彩云一起飞舞。

# 喜迁莺·花不尽

花不尽，柳无穷。应与我情同。觥船一棹百分空[1]。何处不相逢。朱弦悄。知音少。天若有情应老。劝君看取利名场[2]。今古梦茫茫。

◇注释

[1]百分空：此处指醉后凡事皆空，一醉可解千愁。

[2]利名场：追逐名利的场所。

◇译文

花开花落，柳绿柳败，没有穷尽。这应该与我此时的感情相同。尽情饮尽这美酒，醉后可解千愁。人与人分别之后总会再相见的。

朱弦悄然无声。知音再难寻觅。苍天如果有情也会变老。我劝您来看一看这追逐名利的场所吧。古往今来，人生不过一场梦罢了。

# 喜迁莺·烛飘花

烛飘花,香掩烬,中夜酒初醒。画楼残点[1]两三声。窗外月胧明。晓帘垂,惊鹊去。好梦不知何处。南园春色已归来。庭树有寒梅[2]。

◇注释

[1] 残点:断断续续的打更声。

[2] 庭树有寒梅:此处比喻相思之情。典出《古诗十九首》:"庭中有奇树,绿叶发华滋。攀条折其荣,将以遗所思。馨香盈怀袖,路远莫致之。此物何足贵?但感别经时。"

◇译文

蜡烛燃着灯花,香料即将燃尽,我在半夜从醉酒中醒来。华丽的楼阁外传来断断续续的打更声。窗外的明月蒙蒙胧胧。

清晨将帘幕垂下,喜鹊竟然受到了惊吓而飞走了。昨夜在好梦中不知道去到了哪里。南园的春色已经渐渐回来了。庭院中有寒梅树,想念的人却不知在何处。

# 喜迁莺·曙河[1]低

曙河低,斜月淡,帘外早凉天。玉楼清唱倚朱弦[2]。馀韵入疏烟。

脸霞[3]轻,眉翠重。欲舞钗钿摇动。人人如意祝炉香。为寿百千长。

◇注释

[1] 曙河:黎明时的银河。

[2] 倚朱弦:指和着乐曲的节奏唱歌。

[3] 脸霞:指脸上如云霞般的胭脂。

◇译文

黎明时的银河渐渐低落,斜挂的月亮光芒渐渐暗淡,帘外的天气已经转凉。在玉楼里和着乐曲的节拍清唱。余音袅袅,飘入稀疏的烟雾中。

轻轻地涂着脸上的胭脂,描画着浓浓的眉毛。想要起舞的时候,头上的钗环摇动。大家都伴着炉香祝愿万事如意,长命百岁。

# 相思儿令·昨日探春[1]消息

昨日探春消息,湖上绿波平。无奈绕堤芳草,还向旧痕[2]生。

有酒且醉瑶觥。更何妨、檀板新声。谁教杨柳千丝,就中[3]牵系人情。

◇注释

[1] 探春:唐宋时的风俗,即早春郊游。

[2] 旧痕:指去年草长的痕迹。

[3] 就中:其中。

◇译文

昨天到郊外春游,湖边景色宜人,平阔的湖面泛着碧绿的波涛。无奈湖岸边的花花草草,还是依循着去年的痕迹生长。

玉制的酒杯中还有美酒,姑且畅饮吧。更何况,还有檀板演奏着新谱的曲子。谁让那杨柳垂下千万条丝绦,总是牵系着人们心中的情思。

# 相思儿令·春色渐芳菲也

春色渐芳菲也,迟日满烟波[1]。正好艳阳时节,争奈落花何。

醉来拟恣[2]狂歌。断肠中、赢得愁多。不如归傍纱窗,有人重画双蛾。

◇注释

[1] 烟波:雾气弥漫的水面。此处指春日里大地升腾的阳气。

[2] 拟恣:打算恣意放纵。

◇译文

春天的花草茂盛而芬芳,春日里满是大地升腾的阳气。正值艳阳高照的好时光,无奈花儿却突然凋落。

醉酒后打算恣意放纵,尽情高歌。听着伤心的乐曲,心中的愁绪就更多了。不如回到纱窗旁,那里有美人在描画着双眉。

# 燕归梁·双燕归飞绕画堂

双燕归飞绕画堂。似留恋虹梁[1]。清风明月好时光。更何况、绮筵张。云衫侍女，频倾寿酒，加意[2]动笙簧。人人心在玉炉香。庆佳会、祝延长。

◇注释

[1] 虹梁：如彩虹般美丽的屋梁。

[2] 加意：特意，特别注意。

◇译文

成双成对的燕子绕着华丽的厅堂翻飞。似乎是留恋这彩虹般美丽的屋梁。正是风清月明的美好时节。更何况，还有豪华的筵席已经张设开了。

身着云衫的侍女，频频为宾客斟满寿酒，还特意演奏起了动听的乐曲。人人都陶醉在玉炉的香气中。人们欢庆这次美好的聚会，祝愿这样美好的时刻能够绵延长久。

# 燕归梁·金鸭香炉起瑞烟

金鸭香炉起瑞烟。呈妙舞开筵。《阳春》[1]一曲动朱弦。斟美酒、泛觥船。中秋五日,风清露爽,犹是早凉天。蟠桃花发一千年。祝长寿、比神仙。

◇注释

[1]《阳春》:《阳春白雪》,古乐曲名。形容高雅的音乐。《后汉书·黄琼传》:"《阳春》之曲,和者必寡。"

◇译文

金鸭香炉中升起象征祥瑞的香烟。伴随着美妙的舞蹈,筵席开始了。乐师拨动着朱弦,弹奏了一曲《阳春》曲。斟满美酒,一起开怀畅饮吧。

中秋时节,秋风轻柔而凉爽,露珠晶莹透亮,是个早凉天。蟠桃一千年才开一次花。祝愿您像那神仙般长寿。

# 谒金门·秋露坠

秋露坠。滴尽楚兰红泪[1]。往事旧欢何限意。思量[2]如梦寐。

人貌老于前岁。风月宛然无异。座有嘉宾尊有桂。莫辞终夕[3]醉。

◇注释

[1]楚兰:楚地盛产的兰花;红泪:美人的眼泪。此处指露珠。

[2]思量:想念。

[3]终夕:终日,整夜。

◇译文

秋天的露珠坠落下来。兰花上的露珠滴落,仿佛美人落泪。往事历历在目,旧时的欢乐让我无限回味。回想起来就如做梦一般。

人的容貌比前一年更衰老了。风月却好像没什么变化。坐席上有嘉宾,杯中有桂花酒。不要推辞,今夜就尽情酣醉吧。

# 迎春乐·长安紫陌[1]春归早

长安紫陌春归早。骓[2]垂杨、染芳草。被啼莺、语燕催清晓。正好梦、频惊觉。

当此际、青楼临大道。幽会处、两情多少。莫惜明珠百琲[3],占取长年少。

◇注释

[1] 长安：此处借指北宋都城汴京；紫陌：指京都郊外的道路。

[2] 骓（duǒ）：垂，下垂。

[3] 百琲（bèi）：形容珍珠极多。琲，成串的珠子。

◇译文

京都郊外的大路上，春色的气息已早早归来。杨柳下垂，芳草遍地。清晨被啼叫的黄莺和呢喃的燕子催促醒来。我正在美好的梦中，却被频频惊醒。

此时此刻，大道边的青楼里。有多少两情相悦的人在幽会。不要吝惜那名贵的珍珠，尽情享受这年少的时光吧。

# 渔家傲·画鼓声中昏又晓

画鼓声中昏又晓。时光只解催人老。求得浅欢[1]风日好。齐揭调[2]。神仙一曲《渔家傲》。

绿水悠悠天杳杳。浮生岂得长年少。莫惜醉来开口笑。须信道。人间万事何时了。

◇注释

[1]浅欢：指短暂的欢乐。

[2]揭调：高调，放声高歌。

◇译文

在一片锣鼓声的喧闹中，从黄昏到天亮。时光只知道催促着人变老。只求得短的欢乐，享受这煦日和风。一齐放声高歌。如神仙般唱一曲《渔家傲》吧。

碧绿的水面悠远浩渺，连接着遥远的天际。人生哪里能够获得长久的青春年少。不要吝惜醉饮美酒，尽情开怀大笑吧。要知道。人世间的万事万物是没有终了的。

# 渔家傲·荷叶荷花相间斗

荷叶荷花相间斗。红娇绿嫩新妆就[1]。昨日小池疏雨后。铺锦绣。行人过去频回首。

倚遍朱阑凝望久。鸳鸯浴处波文[2]皱。谁唤谢娘斟美酒。萦舞袖。当筵劝我千长寿。

◇注释

[1] 就：完成。

[2] 波文：同"波纹"。

◇译文

荷叶与荷花争相斗艳。荷花娇艳，荷叶嫩绿，仿佛刚刚妆扮好的美人。昨天一阵稀疏的小雨洒落在池塘中。满池的荷花荷叶如同铺满了的锦绣。行路的人走过都会不停地回头看。

靠在朱红的栏杆上久久凝望。鸳鸯鸟在池中嬉戏，水波荡漾。是谁唤来了美人斟满美酒。挥动着衣袖，翩翩起舞。在这筵席上祝愿我健康长寿。

## 渔家傲·荷叶初开犹半卷

荷叶初开犹半卷。荷花欲拆犹微绽。此叶此花真可羡。秋水畔。青凉伞映红妆面[1]。

美酒一杯留客宴。拈花摘叶情无限。争奈世人多聚散。频祝愿。如花似叶长相见[2]。

◇注释

[1] 青凉伞：指荷叶；红妆面：指荷花。

[2] 如花似叶长相见：就像花和叶子一样可以长久地在一起。

◇译文

荷叶刚刚展开还半卷着。荷花将要开放才微微绽开。这荷叶和这荷花真令人羡慕。秋水岸边。碧绿的荷叶与粉嫩的荷花交相辉映。

斟一杯美酒，挽留宾客一起宴饮。折来一朵荷花，摘下一片荷叶，蕴含着无限的情意。怎奈何世间相聚的人们总要分离。不停地相互祝愿。如果能像这荷花与荷叶一样长久地在一起该多好啊。

# 渔家傲·杨柳风前香百步

杨柳风前香百步。盘心[1]碎点真珠露。疑是水仙开洞府。妆景趣。红幢绿盖朝天路。

小鸭飞来稠闹处[2]。三三两两能言语。饮散短亭人欲去。留不住。黄昏更下萧萧[3]雨。

◇注释

[1] 盘心：指荷叶。

[2] 稠闹处：荷花荷叶生长茂盛的地方。

[3] 萧萧：同"潇潇"。形容风雨急骤。

◇译文

百步之外，就闻到了从杨柳间飘来的荷花的芳香。圆盘一样的荷叶中心滚动着珍珠一般的露珠。我真怀疑这是水中的仙子打开了她的洞府。将这里的景色装点的格外有趣。好像仙人们乘着红色帷幕、绿色车盖的车驾前去朝拜天帝。

小鸭子飞到荷花荷叶茂盛的地方。三三两两地挤在一起仿佛在说悄悄话。饮酒结束，短亭内的人都散去了。想要离去的人终究还是留不住的。黄昏时分，却下起了潇潇细雨，更添愁绪。

# 渔家傲·粉笔丹青描未得

粉笔丹青描未得。金针彩线功难敌。谁傍暗香轻采摘。风淅淅[1]。船头触散双鸂鶒[2]。

夜雨染成天水碧[3]。朝阳借出胭脂色。欲落又开人共惜。秋气逼。盘中已见新莲菂[4]。

◇注释

[1] 淅淅:象声词。风声。

[2] 鸂鶒(xī chì):一种水鸟,比鸳鸯大而色多紫,俗称紫鸳鸯。

[3] 天水碧:浅青色。相传为南唐后主李煜宫女染衣作浅碧色,经露水湿染后,颜色更好。

[4] 菂(dì):莲子。

◇译文

用画笔丹青细细描画也无法得到。用金针和彩色的丝线刺绣也难以比得过。是谁循着隐约的芳香轻轻采摘下了这荷花。风轻轻吹过。渔船经过，船头惊散了成双的紫鸳鸯。

夜晚的一场雨后，将天空染成了浅青色。朝阳照耀在荷花上，为它增添了一抹胭脂红。有的荷花将要凋落，有的荷花又将要开放，每一朵都让人喜爱。秋天的气息渐渐逼近。莲蓬中已经能看见新结出的莲子了。

# 渔家傲·叶下鹢鹢[1]眠未稳

叶下鹢鹢眠未稳。风翻露飐香成阵。仙女出游知远近。羞借问。饶[2]将绿扇遮红粉。

一掬蕊黄沾雨润。天人乞与[3]金英嫩。试折乱条醒酒困。应有恨。芳心拗尽丝[4]无尽。

◇注释

[1]鹢鹢（jiāo jīng）：水鸟名，即池鹭。

[2]饶：任凭，尽管。

[3]乞与：赐予。

[4]丝：谐音"思"，暗喻相思。

◇译文

荷叶下的池鹭还没有睡熟。一阵风吹来，荷叶翻动，露珠颤动，还有阵阵馨香。荷花好像出游的仙女，不知道身在何处。又羞于问路。荷叶遮掩着荷花，就像仙女用绿扇子遮住羞红的脸庞。

　　一掬黄色的花蕊沾着湿润的雨水。就像天上的神仙赐予的金黄娇嫩的花蕊。试着折下一枝来醒醒酒困。想来那荷花心中是有埋怨的。花蕊被折下了，相连的丝却没有断。

# 渔家傲·罨画溪[1]边停彩舫

罨画溪边停彩舫。仙娥绣被呈新样。飒飒风声来一饷。愁四望。残红片片随波浪。

琼脸丽人青步障[2]。风牵一袖低相向。应有锦鳞闲倚傍。秋水上。时时绿柄[3]轻摇扬。

◇注释

[1] 罨（yǎn）画溪：地名。在今浙江长兴县西，即长兴港自合溪至画溪的一段江道。《舆地纪胜》卷四载：罨画溪"在长兴县西八里。花时游人竞集，溪畔有罨画亭"。

[2] 青步障：青色的帘幕。

[3] 绿柄：指荷叶柄。

◇译文

罨画溪边停着装饰华美的船。荷花荷叶就像仙女的新样式绣被。飒飒的风吹了一会儿。四下放眼望去，顿生愁绪。只见凋残的花瓣随着波浪一片片流去。

荷花好像面容娇艳的美人，躲在青色帘幕一样的荷叶后面。风一吹，荷花低垂，仿佛被牵动了衣袖般低下了头。应该有五彩的鱼儿闲游在荷叶下。水面上时不时有风吹过，荷叶轻轻地摇动。

# 渔家傲·宿蕊斗攒[1]金粉闹

宿蕊斗攒金粉闹。青房暗结蜂儿小[2]。敛面似啼开似笑。天与貌。人间不是铅华少。

叶软香清无限好。风头日脚干[3]催老。待得玉京仙子到。凭向道。红颜只合长年少。

◇注释

[1] 斗攒：争先聚集。

[2] 青房：莲蓬；蜂儿：莲子。

[3] 干：没来由。

◇译文

昨天晚上，花朵们争先开放，露出金色的花蕊，好不热闹。莲蓬里已经偷偷结出了小小的莲子。还没有完全绽放的荷花好似啼哭，完全绽开的荷花好似开口大笑。这是上天赐予它的容貌。并不是人间缺少胭脂水粉来妆扮它。

荷叶柔软透出丝丝清香，有着说不尽的美好。时光却无端催促着它变老。等到天上的仙子降临。一定要向仙子说道说道。希望能够青春永驻，长久年少。

# 渔家傲·脸傅朝霞衣剪翠 [1]

脸傅朝霞衣剪翠。重重占断秋江水。一曲《采莲》[2]风细细。人未醉。鸳鸯不合惊飞起。

欲摘嫩条嫌绿刺。闲敲画扇偷金蕊。半夜月明珠露坠。多少意。红腮点点相思泪。

◇注释

[1]脸傅朝霞衣剪翠：以朝霞敷脸，剪翠羽为衣。形容荷花荷叶的美丽。傅，同"敷"，涂抹。

[2]《采莲》：即《采莲曲》，出自汉乐府民歌《江南可采莲》中的小赋。

◇译文

粉红的荷花好似朝霞涂抹脸庞，碧绿的荷叶好似剪翠羽为衣。一层层地占据了这秋天的江景。听一曲《采莲曲》，余音在风中细细缭绕。人还没有喝醉。却惊飞起了那成对的鸳鸯鸟。

想要摘取那嫩绿的枝条，却又担心绿刺。悠闲地敲打着画扇，偷偷采来那金色的花蕊。夜半时分，月亮明朗，露珠坠落。这其中有多少的情意。坠落的露珠就像美人微红的脸颊上流下的点点相思泪。

# 渔家傲·越女[1]采莲江北岸

越女采莲江北岸。轻桡短棹随风便。人貌与花相斗艳。流水慢。时时照影看妆面。

莲叶层层张绿伞。莲房个个垂金盏。一把藕丝[2]牵不断。红日晚。回头欲去心撩乱。

◇注释

[1]越女:越地的美女。泛指美女。

[2]藕丝:谐音"偶思",暗喻思念佳偶。

◇译文

在江的北岸边有美貌的女子采莲。她轻轻地划动着船桨,随风漂流。佳人的美貌与盛开的荷花争相斗艳。江水缓缓地流淌。她时不时对着水面照看自己的容貌。

荷叶一层一层的就像张开的绿伞。莲蓬一个个低着头，就像垂下的酒杯。我对情人的思念就像那藕丝一样牵连不断。夕阳西下，天色渐晚。离开时想要回头去看，心中更加撩乱了。

# 渔家傲·粉面啼红腰束素

粉面啼红腰束素[1]。当年拾翠[2]曾相遇。密意深情谁与诉。空怨慕。西池[3]夜夜风兼露。

池上夕阳笼碧树。池中短棹惊微雨。水泛落英何处去。人不语。东流到了无停住。

◇注释

[1] 束素：形容女子腰细。

[2] 拾翠：语出曹植《洛神赋》："或采明珠，或拾翠羽。"本指拾取翠鸟羽毛作为首饰。后因此"拾翠"指妇女游春。

[3] 西池：此处指北宋京都西面的皇家园林金明池。

◇译文

水中的荷花就如同那位面色红润腰肢纤细的美人。当年游春时我们曾经相遇过。我心中的浓情蜜意该向谁来倾诉呢。只能空自思慕。荷花在这金明池内夜夜遭受着凉风与寒露的侵袭。

夕阳西下，笼罩着池塘边上碧绿的树木。池塘内有人划着小船，一阵小雨惊动了它。落花飘散在水面上，顺着水流不知要漂向何处。我默默不语。想到我的那段情意，应该也像这东流的水一样，一去不返吧。

# 渔家傲·幽鹭[1]慢来窥品格

幽鹭慢来窥品格。双鱼岂解传消息。绿柄嫩香频采摘。心似织。条条不断谁牵役[2]。

粉泪暗和清露滴。罗衣染尽秋江色。对面不言情脉脉。烟水隔。无人说似长相忆。

◇注释

[1]幽鹭：白鹭。

[2]牵役：牵引。

◇译文

白鹭动作缓慢，不急不躁，由此可以窥见它安闲沉静的性格。成双的鲤鱼哪里能够知道我传递的情意。荷叶娇嫩，荷花芳香，让人忍不住要频频采摘。我的心就像丝织一般乱糟糟的。无数条难断的情丝不知道是谁在牵引。

晶莹的露珠仿佛美人粉面上的泪珠滴落。轻柔的罗衣染尽了秋天的江景。面对面看着不言语,含情脉脉地注视。两人间隔着浩渺的烟水。没有人可以诉说,只能长久地怀念。

# 渔家傲·楚国细腰元自瘦

楚国细腰[1]元自瘦。文君腻脸谁描就。日夜声声催箭漏[2]。昏复昼。红颜岂得长如旧。

醉折嫩房[3]和蕊嗅。天丝不断清香透。却傍小阑凝坐久。风满袖。西池月上人归后。

◇注释

[1]楚国细腰：典出"楚王好细腰"。《墨子·兼爱》曰"昔者楚灵王好士细腰，故灵王之臣皆以一饭为节，胁息然后带，扶墙然后起。"马廖《上长乐宫以劝成德政疏》曰："楚王好细腰，宫中多饿人。"此处形容像美人一样的荷花。

[2]箭漏：古代的计时器。

[3]嫩房：指柔嫩的莲蓬。

◇译文

荷花好像楚国的美人一样婀娜纤瘦。又像文君细腻的脸庞不知是谁描画出来的。箭漏滴滴答答的滴水声夜以继日。从黑夜又到白昼。青春容颜哪里能够长久保持。

酒醉后折下一枝柔嫩的莲蓬，凑近轻轻闻了闻花蕊的芳香。藕丝怎么也扯不断，透出一股清新的芳香。于是倚靠着小栏杆凝神，不觉间坐了很久。夜晚的风盈满了我的衣袖。人归去后，西池上升起了一轮明月。

# 渔家傲·嫩绿堪[1]裁红欲绽

嫩绿堪裁红欲绽。蜻蜓点水鱼游畔。一霎雨声香四散。风飐乱。高低掩映[2]千千万。

总是凋零终有限。能无眼下生留恋。何似折来妆粉面。勤看玩。胜如落尽秋江岸。

◇注释

[1] 堪：可以。

[2] 掩映：遮掩衬托。

◇译文

嫩绿的荷叶可以拿来裁剪，粉红的荷花将要绽放。蜻蜓轻点水面飞过，鱼儿在水中游来游去。一瞬间，雨声骤起，空气中的香气也弥散开来。风胡乱地吹动。无数的荷花荷叶高高低低相互遮掩衬托。

花期有限，最终还是会凋零。这又如何不让人眼下产生留恋呢。何不在它盛开的时候折取来妆扮美人的面容。还能放在身边经常观看赏玩。这比荷花落尽的秋日江景要好看多了。

# 雨中花·剪翠妆红欲就 [1]

剪翠妆红欲就。折得清香满袖。一对鸳鸯眠未足,叶下长相守。

莫傍细条寻嫩藕。怕绿刺、罥衣[2]伤手。可惜许、月明风露好,恰在人归后。

◇注释

[1] 剪翠妆红:美人化妆的样子,描翠眉、涂胭脂。此处指荷叶荷花相互映衬。欲就:将要完成。

[2] 罥衣:挂、粘在衣服上。

◇译文

荷叶荷花相互映衬,就像将要化完妆的美人。折下一枝荷花,清香盈满衣袖。一对鸳鸯好像还没有睡够,在荷叶下长相厮守。

不要依靠那细嫩的枝条去找寻嫩藕。担心绿刺刮破了衣服,或者刺伤了手。可惜啊,这月明风清秋露凉爽的好时光,恰恰是在人归去之后。

# 玉楼春·春恨

　　绿杨芳草长亭路。年少抛人容易去。楼头残梦五更钟[1]，花底离情三月雨[2]。

　　无情不似多情苦。一寸还成千万缕。天涯地角有穷时，只有相思无尽处。

◇注释

[1] 残梦：未做完的梦；五更钟：指思念人的时候。

[2] 三月雨：指思念人的时候。

◇译文

　　长亭外，道路旁，杨柳依依，芳草满地。他轻易地抛下我离去。我的美梦突然被楼头上的五更钟打断，梦还没做完就醒来了，花底的离愁就像三月的雨一样纷纷来到。

　　无情人不像多情人这般愁苦。一寸相思化成千万缕愁绪。天涯海角也有边际，只有相思没有尽头。

# 玉堂春·帝城春暖

　　帝城春暖。御柳暗遮空苑。海燕双双，拂飐帘栊。女伴相携、共绕林间路，折得樱桃插髻红。

　　昨夜临明微雨，新英[1]遍旧丛。宝马香车、欲傍西池看，触处[2]杨花满袖风。

◇注释

[1] 新英：新开的花。

[2] 触处：目光所及之处，处处。

◇译文

　　帝都汴京城的春天很温暖。皇家园林中的柳树枝条低垂，遮掩着空寂的林苑。燕子成双成对，乘着春风飞过窗帘。女眷们结伴出游，绕行在山林间的路上，折取一枝樱桃花插在发髻上。

昨天晚上天快亮的时候，下起了小雨，新开的花儿就遍布花丛了。人们骑着宝马，坐着香车，想要在西池的旁边观赏，处处都是杨花飘落，满袖都是温暖的春风。

# 玉堂春·后园春早

后园春早。残雪尚濛烟草[1]。数树寒梅,欲绽香英。小妹无端、折尽钗头朵,满把金尊细细[2]倾。

忆得往年同伴,沉吟无限情。恼乱东风、莫便吹零落,惜取芳菲眼下明。

◇注释

[1] 残雪尚濛烟草:草上还蒙着残雪与烟雾。

[2] 细细:缓缓。

◇译文

后园的春天来的特别早。草上还蒙着残雪与烟雾。几株寒梅树,就将要绽开芳香的花朵了。小妹妹毫无征兆地折下了一枝梅花,插在头上当发钗,快将酒杯斟满,细细品尝。

回忆起往年同行的伙伴,不禁低头沉思,心中生出无限的情意。那胡乱吹拂的春风让人烦恼,不要再将花朵吹得四处零落了,珍惜眼前的花朵,让它芳香明媚。

## 玉堂春·斗城[1]池馆

斗城池馆。二月风和烟暖。绣户珠帘,日影初长。玉辔金鞍、缭绕沙堤路[2],几处行人映绿杨。

小槛朱阑回倚,千花浓露香。脆管清弦、欲奏新翻曲,依约林间坐夕阳。

◇注释

[1] 斗城:原指汉长安城。《三辅黄图·汉长安故城》:"城南为南斗形,北为北斗形。至今人呼汉京城为斗城。"此处指北宋都城汴京。

[2] 沙堤路:京城要道,指通往宰相府的路。

◇译文

帝都繁华,池园馆舍林立。二月的春风和煦,烟气氤氲。华美的门户挂着珠帘,日影也开始变长。骑着戴着玉辔头、金马鞍的骏马,绕着沙堤路游赏,绿杨树下有三三两两的行人走过。

回到宰相府内,倚靠在朱红的栏杆上,千万朵鲜花散发出浓浓的香气。清脆的乐曲声,十分悦耳,乐师在尝试演奏新创作的曲子,我坐在夕阳下,欣赏着园林间的景色。